http://www.bbulmedia.com

아빠는
신입
사원

Contents

Episode 4

Chapter 7

"강지희 씨, 서둘러야 합니다. 이택수는 지금 그 누구도 생각하지 못하는 엄청난 일을 생각하고 있습니다."

매서운 눈빛으로 이택수만을 노려보고 있던 강지희에게 이선우가 재차 말했다.

"아니요. 저 사람을 감금하는 것이 아니라, 저 사람을 데리고 영민 씨를 찾아야 하는 것입니다."

"……!"

이선우는 생각지 못하고 있었다. 단지 이택수가 미치광이 짓을 할 것을 우려하여, 그를 감금해 둘 것만을 생각하였다. 하지만 강지희는 아니었다. 그녀는 진심으로 영민을 찾고자 하였다.

"저 사람은 알고 있습니다. 영민 씨가 어디에 있는지, 그리고 무엇을 하는지도 다 알고 있을 것입니다."

강지희는 이택수의 앞으로 다가서며 말했다. 이택수는 자신의 앞에 멈춰 선 그녀를 올려다보았다.

"영민 씨…… 어디에 있습니까?"

그녀는 딱딱한 어투로 물었다.

"아직도 이영민을 마음에서 지우지 못하고, 아직도 이영민이 살아 있다고 생각하나?"

강지희의 말에 이택수는 서서히 일어서며 말했고, 이선우도 그의 말에 놀란 눈을 하였다.

"무슨…… 말입니까?"

그녀가 물었다.

"이영민은 이제 우리 회사에서 지워진 이름입니다. 그 이름을 기억하는 사람은 소수에 불과하죠. 나와 최 박사, 그리고 강지희 씨 정도……. 딱 그 정도만이 이영민이란 이름을 기억합니다."

"말 돌리지 말고 내가 묻는 말에 대답이나 해요!"

이택수는 자신이 만든 일곱 대의 K—Soldier 앞으로 걸어가며 말했고, 강지희가 그의 뒤를 따라가며 소리쳤다.

"궁금하지 않으십니까? 이 안에 어떤 사람의 형태를

아빠는
신입
사원

띤 K—Soldier가 있는지 말이에요."

또다시 말을 돌렸지만, 이번엔 그의 말에 다른 반박을 하지 않았다. 그만큼 두 사람도 나머지 네 대의 K—Soldier가 어떤 형태를 띠고 있는지 궁금하였다.

"궁금하셨던 모양입니다. 자, 이리 와 보십시오. 나머지 네 개의 박스도 개봉해 드리겠습니다."

이택수는 한쪽으로 나란히 진열되어 있는 박스를 보며 섰다. 그리고 하나하나 어루만지더니, 곧 강지희와 이선우를 보며 말했다.

"어서 오십시오. 놀라움은 가까이서 봐야 더 실감나는 법입니다."

그의 말은 두 사람의 심장을 요동치게 만들었다. 평범한 K—Soldier라면 그리 말하지 않을 것이었다. 하지만 두 사람을 충분히 놀랍게 만들 만한 것이 있기에 그런 말이 나오는 것이었다.

"대체 안에서 무슨 짓을 하는 거야? 이 안에 뭐가 있어?"

같은 시각. 최 박사는 창고 앞으로 다가서며 그 안으로 들어서지 못한 자신의 사람들에게 물었다.

"이택수 사장의 경호원들이 지키고 서 있는 것도 있지

만, 닫혀 버린 문을 열 수 있는 사람이 없습니다."

한 과학자가 그에게 말했다.

최 박사는 경호원들을 보았고, 그들은 선글라스 속 눈동자를 최 박사에게 고정시키며, 노려보고 있었다.

"자네들이 앞으로 이 회사에서 계속 근무를 하고자 한다면 지금 당장 내 말을 듣고 길을 열어라. 그렇지 않으면 오늘부로 너희 모두가 퇴사처리 될 것이다."

최 박사는 그들을 노려보며 말했지만, 경호원들은 그의 말에 대꾸도 하지 않았고, 길을 열어 주지도 않았다.

"길을 열란 말이야!"

최 박사가 다시 소리쳤지만, 변한 것은 없었다.

"밖에서 최 박사가 안으로 들어오려 합니다."

창고 끝에 있는 세 사람 중, 이선우를 제외한 두 사람에게는 아무런 소리도 들리지 않았다.

하지만 이선우는 하나의 알약으로 인하여 인간의 모든 신경계를 최상으로 끌어 올려놓은 상태이기에, 창고 정문에서 소리치는 최 박사의 목소리를 홀로 들을 수 있었다.

"신기하군요. 최 박사의 목소리가 들린다는 말이 너무 신기합니다. 강지희 씨도 최 박사의 목소리를 들었습니까?"

이택수가 하나의 박스를 개봉하려다 말고 이선우의 말을 듣고 그를 보았다. 그리고 강지희를 보며 물었다.

강지희는 이선우를 보았다. 이미 그가 갑자기 사라지는 것도 보았고, 그에 대한 비밀스러운 많은 것을 알고 있는 여인이기에 크게 개의치 않았다.

"박스를 개봉하세요."

강지희는 다시 이택수에게 시선을 돌린 뒤 날카로운 어투로 말했고, 이택수는 그녀를 보며 짧게 미소 짓곤 다시 박스에 손을 얹었다.

지이이이잉.

네 번째 박스가 개봉되었다. 두 사람은 네 번째 박스에서 나올 K—Soldier에 대해 시선을 집중하고 있었다.

"이 사람은?"

"아십니까?"

네 번째 박스가 개봉되자마자 이선우가 그를 아는 듯 말했고, 곧바로 이택수가 그를 보며 물었다.

"2010년 정도에 대한민국에서 이름을 떨쳤던 파이터 아닙니까?"

"하하하, 역시 놀랍습니다. 2010년도는 아니지만 그

비슷한 시점이죠. 정말 대한민국 최고의 파이터라고 해도 과언이 아닐 사람이었습니다."

강지희는 알 수 없는 인물이었다. 하지만 그는 코리안 좀비라고 불렸던 파이터로 격투기 무대에서 꽤 유명세를 탔던 인물이었다.

"역시 당신은 신기한 사람입니다. 그 시대는 지금으로부터 약 30년 전입니다. 즉 당신의 나이를 얼추 계산해도 약 열 살 정도의 사내아이였을 텐데, 그 기억을 이토록 빨리 꺼내서 말할 줄은 꿈에도 몰랐군요."

이택수가 네 번째로 공개된 K—Soldier의 앞으로 가서, 그의 주먹을 이리저리 만지며 말했다.

"다시 물어보죠. 당신은 대체 누구입니까? 이지민이라는 이름은 이미 가짜인 것을 알고 있습니다. 그리고 희한하게도 경비로 새로 들어온 이선우 씨와도 너무나 닮았어요."

"……."

이택수는 여전히 K—Soldier의 손을 어루만지며 말했고, 이선우는 아무런 답 없이 가만히 서 있었다.

"이선우 씨와 닮았고, 또 이름도 이지민이라면 이영민의 형과 이름이 같습니다. 여러모로 그 집안과 관련이 있는 사람 같기도 한데……. 뭐, 일단은 접어 두고 K—

14 아빠는
신입
사원

Soldier 설명부터 먼저 드리죠."

이택수는 간간히 이선우의 간담을 이리저리 흔들며 K—Soldier를 설명하고 있었다.

"자, 다섯 번째입니다. 잘 보십시오."

이택수는 더 길게 말하지 않고, 다섯 번째 박스 앞으로 섰다. 그리고 망설이지 않고 박스를 개봉하였다.

다섯 번째 박스가 개봉되었지만, 두 사람은 가만히 서 있었다. 이리저리 봐도 두 사람의 머릿속에 남아 있는 인물은 아니었다.

"이 사람은 당신들이 알지 못할 것입니다. 아주 어렸을 때 내 친구인데, 지금 이 모습을 마지막으로 저세상으로 간 놈이거든요."

이택수는 자신의 친구를 형상화하여 K—Soldier를 만들었다. 그리고 그의 얼굴을 만져 보았고, 또 손을 잡아 악수도 하였다.

"이 친구가 꼭 해 보고 싶은 것이 있었습니다. 하지만 그것을 해 보지 못하고 저세상으로 갔죠. 그래서 이렇게 기계로 만들어져서라도 그의 마지막 소원을 꼭 들어주고 싶었습니다."

이택수는 다섯 번째 K—Soldier를 소개한 뒤, 여섯 번째 박스를 향해 다가섰다.

"자. 이제부터 두 눈을 크게 뜨셔야 할 것입니다. 남은 두 개의 박스가 당신들의 눈을 흔들어 놓을 테니 말입니다."

이택수는 여섯 번째 박스를 개봉하며 말했다. 두 사람은 개봉된 여섯 번째 박스 안에 있는 K—Soldier를 뚫어지게 보았다.

"……!!"

네 번째 박스를 보았을 때보다 더 큰 쇼크를 느낀 두 사람이었다.

"당신 대체 무슨 짓을 하고 있는 거야!"

강지희가 소리쳤다. 여섯 번째 박스에서 나타난 K—Soldier는 최 박사였다. 그의 현재 모습을 완벽하게 재현해 낸 기계였다.

머리카락의 색깔은 물론, 심지어 머리카락 숫자마저 같을 것만 같은 생각이 들 정도였다.

"앞으로 최 박사가 할 일은 이 기계가 대신 할 것입니다. 월급을 줄 필요도 없고, 나와 마찰을 일으킬 일도 없습니다. 오로지 내가 내린 명령에만 복종하며, 내가 원하는 과학을 만들어 낼 기계입니다."

"미쳤어!"

이택수의 말이 이어졌고, 강지희는 그를 보며 소리쳤

아빠는
신입
사원

다. 하지만 이선우는 아무런 말을 하지 않았다.

'이택수. 대체 무슨 생각을 하고 있는 거냐.'

오로지 홀로 생각만 하고 있을 뿐이었다. 비록 현재까지 보여 준 여섯 대의 K—Soldier가 서로 연관성을 가지고 있지는 않지만, 이들을 모습을 그대로 재현하여 K—Soldier를 만든 이유가 분명 있을 것이었다.

"이번엔 아무런 말이 없으시군요. 최 박사입니다. 왜 최 박사의 모습으로 만들어졌는지 궁금하지 않으십니까?"

이택수가 물었지만, 여전히 이선우의 입은 굳게 닫혀 있었다.

"궁금하지 않은 모양이군요. 그럼 더 궁금하게 만들 마지막 일곱 번째 K—Soldier를 공개해 드리겠습니다."

마지막 남은 한 대였다. 그 한 대의 모습만 개봉되면 이택수가 비밀리에 만든 일곱 대의 K—Soldier를 모두 보게 된다.

"박사님. 어떡해야 합니까? 이 창고 안에서 무슨 일이 일어나고 있는지 알 수 없으니, 조치를 취하지도 못하고 있습니다."

한편. 여전히 창고 안으로 들어서지 못한 최 박사의 옆으로 여느 박사들이 다가서며 물었다.

"지금 현재까지는 이 회사의 사장이 이택수입니다. 내일이 되어야 그놈의 권력이 밑바닥으로 떨어집니다. 참아야죠, 그때까지 참아야죠."

최 박사의 표정은 일그러졌다. 하지만 마땅한 방법이 없었다. 힘으로는 이택수를 제압할 수 없다. 그를 제압하기 위한 최선의 방법으로 법을 택한 그였다.

그리고 그 법의 판결이 내일이면 확정되기에 기다리는 그였다.

"안에서 제발 아무 일이 없어야 할 텐데…….."

최 박사가 날카로운 시선으로 창고 안을 보고 있을 때, 노인 이선우가 그의 옆으로 다가서며 말을 흐렸다.

"무슨 말인가? 자네는 이 안에서 무슨 일이 벌어지고 있는지 알고 있는가?"

최 박사는 그를 보며 물었다.

"안에 이영수와 강지희, 그리고 이택수 사장이 있어."

"……!"

노인 선우의 말에 최 박사가 놀란 눈으로 다시 창고 안을 보며 섰다.

이영수란 이름은 노인 선우가 알고 있는 선우의 이름

이다.

최 박사는 이택수 홀로 있는 것이라 여겨 내일까지 기다리려 하였지만, 너무나 많은 의문을 가진 이선우와, 어느 누구의 편에 서 있는지 알 수 없는 강지희까지 그와 함께 있다는 말에 심기가 불편해지고 있었다.

"문을 열어야겠다. 안을 확인하고, 이택수를 내일까지 감금시켜 놓아야겠다."

최 박사가 나지막한 목소리로 말하자, 몇 박사들이 이택수의 경호원 앞으로 다가가기 시작하였다.

"이택수 사장을 감금한다고 하였나?"

노인 선우는 그의 말을 들은 후, 날카로운 시선으로 그를 보며 물었다.

"대한민국의 훗날을 위해서 어쩔 수 없는 선택이네. 자네는 빠져 있게."

"아니. 자네는 이미 우리 영민이가 사라지는 그때도 이택수와 함께 모략을 꾸몄네. 그리고 지금도 그때를 연상시키는 행동을 하려 하고 있어."

"……."

노인 선우는 이미 이택수에게 들은 이야기가 있기에 그가 조금 전 한 말이 꼭 오 년 전에도 있었을 것이라 여기며 물었고, 최 박사는 아무런 말없이 그를 보고만 있었다.

"무슨 말을 하는 것인가? 난 이영민과 아무런 연관이 없어. 난 오로지 이영민을 이택수에게서 구해 내고자……."

"그런 변명 따위를 듣고 싶어서 자네에게 이런 말을 하는 것이 아니야. 지금이라도 자네가 일조한 일을 제자리로 돌려놓으라는 말을 하는 것이네."

노인 선우는 그를 똑바로 노려보며 말했고, 최 박사는 잠시 동안 그를 보고 있더니, 이내 시선을 돌렸다.

"어서 문을 열어!"

최 박사는 애꿎은 과학자들에게 소리쳤지만, 그들은 경호원들에 의해 창고 앞으로도 가지 못하고 있었다.

"제길……."

최 박사는 쓴 표정을 지으며 격한 말을 내뱉었다.

"잘 보십시오. 이제부터 이들이…… 세상에 정의를 실현하게 될 것입니다."

한편. 이택수는 마지막 일곱 번째 K—Soldier를 개봉하기 시작하면서 말했고, 두 사람은 심장의 쿵쾅거리는 소리가 겉으로 들릴 정도로 긴장된 눈빛으로 시선을 집중하고 있었다.

지이이잉.

"······!"

일곱 번째 K—Soldier가 공개되었다. 그리고 역시나 두 사람의 눈동자는 심하게 흔들거리고 있었고, 조금 전과는 달리 입조차 제대로 다물지 못하고 있었다.

"멋지지 않습니까? 일곱 대의 K—Soldier 중, 내 친구와 강지희, 그리고 이 일곱 번째 K—Soldier. 바로 이영민 박사를 내가 가장 아끼고 있습니다."

마지막으로 공개된 K—Soldier는 이영민이었다. 이선우는 삼십 대의 둘째 아들을 본 적은 없지만, 그냥 한눈에 봐도 자신의 둘째 아들인 영민이라 알아볼 수 있었다.

이선우는 놀란 눈을 깜빡거리지 않고, 열린 입을 다물지도 못한 채, 터벅터벅 걸어서 영민의 앞으로 다가섰다.

그리고 손을 뻗어 그의 볼을 만져도 보고, 그의 손을 잡아 보았다.

체온만 없을 뿐이지 영락없는 영민이었으며, 살결도 사람의 살결과 같았다.

"이상하군요. 난 강지희 씨가 더 먼저 다가와 이놈을 안아 보고 또 만져 보고 할 것이라 여겼습니다. 그런데 이지민 씨가 먼저 오네요."

그 부분에 대해서는 강지희도 의문이 있었다. 자신은 영민과 결혼을 약속한 사이이기에 당연히 그를 보며 놀랄 수 있었다.

하지만 이선우가 놀란 것도 이해할 수 없었고, 그가 이리 서툰 걸음으로 다가가 그의 볼을 만지고 눈물이 맺힐 정도의 슬픈 눈동자를 보이는 이유를 도저히 알 수 없었다.

"두 사람은 처음으로 나의 K—Soldier를 모두 보았습니다. 느낌이 어떻습니까? 지금까지 봐 온 수많은 K—Soldier와 비교하면 더 후한 점수를 줄 수 있겠습니까?"

짝!

"……!!"

이택수는 자신의 주위로 일곱 대의 K—Soldier를 모두 개방한 후, 두 사람을 향해 물었다. 하지만 곧바로 강지희의 매서운 손길이 그의 뺨을 강하게 스쳐 지나갔다.

이택수는 놀란 눈을 한 채, 돌아간 고개를 다시 제자리로 돌리지 않고 있었다. 이선우는 여전히 K—Soldier로 만나는 영민을 보며 이리저리 어루만지고 있었다.

"지금…… 무슨 짓을 하는 거야!"

이택수는 자신의 뺨을 내려친 강지희를 보며 소리쳤다. 하지만 그녀는 그의 고함소리에도 눈 하나 깜빡하지 않으며 그를 노려보는 눈길을 거두지 않고 있었다.

"나쁜 새끼."

그리고 이를 꽉 깨문 채로 말했고, 곧 K—Soldier로 변해 있는 이영민의 앞으로 다가갔다.

이영민을 보는 그녀의 눈에는 눈물이 없었다. 울지 않았다. 그리고 떨지도 않았다.

"가요."

이택수의 생각과는 너무나 다른 결론이 나와 버렸다. 이영민이 모습이 공개되면 강지희가 울며 불며 바닥에 쓰러져 실신할 것이라 여겼다.

하지만 그녀는 냉정하였다. 자신이 그토록 그리워하는 사람이 앞에 있지만, 더 보려 하지도 않았다. 심지어 눈물을 흘리며 어루만지고 있는 이선우를 데리고 밖으로 나가려 하였다.

"더 보고 싶지 않은가! 그토록 보고 싶었던 너의 사랑이다! 그런데도 눈에 아른거리지 않는가!"

이택수는 그녀에게 소리쳤다. 하지만 그녀는 그의 목소리를 들으려 하지 않았다. 매서운 눈빛으로 이선우의 손을 잡고 창고 문을 향해 걸어가면서 두 눈을 꼭 감고,

두 귀마저 꽉 닫은 듯, 소리치는 이택수를 외면하고 있었다.

"이지민 씨! 기억하십니까! 당신과 내가 이곳에 왔을 때, 당신에게만 보여 주었던 그 어둠 속의 장치 말입니다!"

"……."

이택수는 자신의 목소리가 강지희에게 들어가지 않자, 다른 방법을 택했다.

바로 이선우를 세우는 것이었다. 그리고 그 방법으로는 이선우가 그다지 큰 관심을 가지고 있지 않았던, 어두운 방 속에 있는 사각형 형태의 어떤 장치였다.

이택수는 이선우를 처음 본 그날, 창고의 가장 끝부분에서 그 장치를 보여 주었다. 지금은 각 창고의 구조와 내용이 바뀌었지만, 그 당시에는 마지막에 그 기계 장치가 있었다.

"그 장치가 무엇을 하는 것인지 궁금하지 않으십니까?"

이택수가 다시 물었다. 이선우는 그 당시에는 궁금하지 않은 그 상황이 이제는 그 어떤 것보다 더 궁금해졌다.

필시 그냥 만들어진 장치는 아닐 것이며, 일곱 대의

아빠는
신입
사원

K—Soldier를 다 공개한 후에 그 말을 한 이유가 분명 있을 것이라 여겼다.

"기대하십시오. 내일, 내일이면 이 모든 것의 결론이 나올 것입니다. 내가 왜 이런 모델을 만들었는지, 그 장치는 무엇인지. 그리고 최 박사…… 그 인간이 모든 것을 버리고 떠나야 하는 그 모습까지, 내일이면 모두 결정될 것입니다."

이택수는 그를 불러 세운 후, 모든 것이 결정되는 내일을 언급하였다.

이선우는 잠시 잊고 있었던 임무를 다시 떠올렸다. 그의 말처럼 내일이면 이 시대의 이곳은 사라진다.

아니, 자신이 막을 수 있다면 사라지지 않고 이 모습 이대로를 유지한 채 이어 간다. 하지만 이미 어떤 미래에서는 경기도 안양이 없다. 인간이 살 수 없는 죽은 땅으로 변해 버린 곳이었다.

"가요. 더 이상 저 미치광이의 말을 들을 필요 없어요."

강지희가 이선우의 손을 붙잡아 끌며 말했다. 이선우는 그녀의 손에 끌며 세 번째 창고 문을 열고 두 번째 창고로 이동하였다.

그 와중에도 이선우의 시선은 이택수에게서 떨어지지

않았고, 곧 다시 K—Soldier로 만나는 이영민에게로 돌아갔다.

"최 박사를 만나서 이야기를 더 들어 봐야겠어요."

강지희는 두 번째 창고 문을 열고, 첫 번째 창고를 향해 가며 말했고, 이선우는 저 멀리 보이는 이택수를 끝까지 보고 있었다.

이택수는 두 사람을 잡지 않았다. 그리고 자신이 직접 세 번째 창고의 문을 닫으며, 그 사이로 보이는 이선우의 눈을 노려보고 있었다.

지이이잉.

"······!!"

최 박사와 함께 노인 선우 등, 외부에서 기다리고 있던 모두의 귀가 창고로 향했다.

그렇게 굳게 닫혀 있던 창고의 문이 열리고 있었고, 그 안에서 강지희가 이선우의 손을 잡은 채 서 있었다.

"뭔가? 왜 두 사람이 이곳에서 나오는 건가!"

최 박사는 두 사람을 보자마자 소리쳤다.

"자네가 이 사람들에게 소리칠 자격은 없네! 이 사람들이 자네의 명령을 이행해야 할 사람들도 아니고, 자네가 또 명령을 내릴 처지도 아니네!"

최 박사의 앞은 노인 선우가 막아서며 소리쳤다.

그의 말에 최 박사의 눈빛이 매섭게 변하며 노인 선우를 노려보았고, 곧 창고에서 나와 노인 선우의 곁으로 서는 강지희와 이선우를 번갈아 보았다.

"괜찮은가?"

노인 선우는 자신의 옆으로 서는 두 사람을 번갈아보며 안부를 물었다.

"네. 그런데 알아내고자 한 것을 알아내지 못했습니다."

선우는 그를 보며 답한 뒤, 다시 고개를 숙이며 말했다.

"알아내고자 한 것? 그게 무엇인가? 무엇을 알아내려 그 안에서 이택수를 만난 것인가?"

이선우의 말을 엿들은 최 박사는 그를 보며 물었다. 하지만 이선우는 답을 하지 않은 채, 시선을 돌려 창고 안을 보았다.

가장 첫 번째 창고의 문은 아직 닫히지 않았지만, 두 번째와 세 번째 창고로 들어서는 문은 굳게 닫혀 있었기에, 세 번째 방에 있는 이택수와 그의 K—Soldier를 그 누구도 보지 못하고 있었다.

"가요."

강지희는 노인 선우를 부축하며 말했고, 곧 이선우도

그녀와 함께 최 박사의 옆을 지나쳐 갔다. 그의 바로 옆에서 이선우의 걸음이 갑자기 멈추었다.

"이택수에게 듣지 못한 답은 당신에게 듣고자 하였습니다. 하지만 그럴 수 없겠군요. 당신이 나에게 그 질문에 대한 답을 하지 않을 것 같으니 말입니다."

이선우는 창고 안에서 이택수에게 듣지 못한 이영민의 행방에 관한 것은 최 박사에게 들으려 하였다.

하지만 그의 어투와 행동. 그 두 가지만으로 최 박사의 머릿속에 이영민은 이미 사라져 있는 인물이며, 내일이면 결정되는 K—Soldier의 모든 권한에 온통 관심이 다 가 있는 것으로 보였다.

"나에게 답을 얻을 것이 무엇인가? 또 이영민에 관한 것인가?"

이선우는 그를 지나쳐 가려 하였다. 하지만 이번엔 최 박사가 먼저 말을 꺼냈다.

"말해 줄 수 있습니까? 이영민이 어디에 있으며, 5년 전에 대체 무슨 일이 있었는지 말이에요."

이선우가 걸음을 멈춘 채, 그를 향해 보며 물었고, 노인 선우와 강지희도 그 답을 듣기 위하여 걸음을 멈춰 최 박사를 보았다.

"그에 대한 답은…… 내가 내일 직접 해 주겠다."

최 박사는 자신이 살아날 하나의 구멍은 마련해 놓을 심산이었다.

만에 하나 일이 틀어져 K—Soldier의 모든 것이 이택수에게 넘어간다고 하여도, 자신을 버리지 못할 하나의 끈은 남겨 두려는 것이다.

"알겠습니다. 당신의 말은 내일이면 무슨 일이 일어나도 이영민에 관한 것을 들을 수 있다는 말이군요."

"그렇지. 그 답이 무엇이든. 자네는 내일 나를 다시 만나야 할 것이며, 내일 나의 답변에 따라 여기에 있는 누군가가 다칠 수도 있을 것이다."

"……."

최 박사는 이선우의 말에 답한 뒤, 마지막 말에 하나의 궁금증을 던져 주었다.

자신의 입에서 나오는 말에 따라 서로의 입지가 달라진다는 것이었으며, 그의 마지막 말이 있을 때, 그의 눈이 멈춘 곳이 공교롭게도 노인 선우이었기에 이선우의 마음은 더욱더 복잡하게 돌아가고 있었다.

"가요. 이택수나 최 박사나, 자신들의 이익만을 위해 다 미쳐 가고 있는 사람들이에요. 더 이상 상종하지 못할 인간들이에요."

강지희는 두 선우를 데리고 서둘러 그곳을 벗어나려

하였다.

"강지희…… 정말 생각지도 못한 인물이 끼어드는 바람에 여러모로 복잡해지고 있군."

세 사람이 창고를 벗어날 때, 최 박사는 세 사람의 뒷모습을 보며 중얼거렸다.

"첫 번째 창고 문이 아직 열려 있습니다. 안으로 들어가 보시겠습니까?"

세 사람의 뒷모습을 보느라 아직도 열려 있는 문에 대해 신경을 쓰지 않고 있던 최 박사에게 다른 과학자가 다가서며 말했고, 곧 최 박사의 시선이 창고 안으로 돌아섰다.

"저 안에 이택수가 있을 것입니다. 그가 무슨 생각을 하고 있는지 들어 봐야겠군요."

최 박사는 이미 내일이면 모든 것이 자신 앞으로 돌아온다는 것을 확정 받은 것에 자신감이 넘쳐났다. 하지만 지금 이택수가 숨기고 있는 그 무언가에 대해서는 궁금증을 떨쳐 버리지 못하고 있었다.

이미 열린 문이라, 창고를 지키고 있던 이택수의 경호원들도 과학자들을 막지 못하였다.

"꽤 넓은 창고입니다."

"이곳은 K—Soldier의 핵심에 방사능을 주입하던

아빠는
신입
사원

곳입니다. 창고가 아니라 연구실이란 뜻이죠. 즉, 여러분이 처음 보는 것이 당연하며, 회사 내에서도 단 몇 명만이 이 연구실에 들어선 경험이 있습니다."

이곳에서 꽤 오래 근무했다는 과학자도 해당 연구실을 보며 놀란 눈을 하고 있었다. 그리고 그 이유에 대한 답을 최 박사가 하였고, 과학자들은 다시 주변을 보았다.

이선우도 강지희가 알려 준 후에야 이곳이 창고가 아닌 연구실임을 알게 되었었다.

비록 방사능 물질이 잡히지는 않지만, 방사능을 주입하던 곳이라고 하니, 자연스럽게 스스로 입을 막는 행동을 하였다.

틱.

첫 번째 연구실 문을 여는 것이 어려웠지만, 두 번째부터는 아주 쉬웠다. 그저 손잡이를 잡고 돌리면 열 수 있는 작은 문들이 중간중간에 보이고 있었다.

최 박사는 하나의 문을 잡아 열고 두 번째 연구실로 들어섰다. 하지만 이곳도 비어 있기는 마찬가지였다.

"세 번째가 또 있나 봅니다."

두 번째 연구실까지 비어 있으니, 세 번째가 있을 것이라 여겼고, 한 과학자가 세 번째 연구실 문을 열기 전, 문에 있는 창문을 통해 세 번째 연구실을 보았다.

"뭐가 있습니까?"

최 박사가 다가서며 물었다.

"우리가 잘못 본 것인지, 아니면 여기 어딘가에 비밀통로가 있는 것인지…… 이 안에 있을 것이라 자신했던 이택수가…… 보이지 않습니다."

"……!!"

최 박사는 놀란 눈을 한 채, 서둘러 세 번째 연구실 문을 열었다.

"어디로…… 간 거야?"

최 박사의 눈에 보이는 것은 이선우와 강지희가 숨어 있던 헌 옷장 하나였다.

"모두 찾아보세요. 분명 연구실 안에 무언가 있을 것입니다. 이지민이 분명 여기서 이택수를 만났다고 했습니다. 그러니 이 안에 이택수가 있어야 하는 것입니다!"

최 박사는 소리쳤다. 자신의 눈을 의심하면서도, 어딘가에 필시 그가 이동한 비밀통로가 있을 것이라 여기며 소리쳤다.

"없습니다. 그 어디에도 이곳을 더 뒤로하여 나갈 수 있는 곳은 없습니다."

약 10분 동안 연구실 안을 모두 뒤졌다. 하지만 그 어디에 무슨 장치 같은 것은 보이지 않았다. 그저 평범한

빈 창고인 셈이었다.

"이택수…… 대체 이곳에다 무엇을 준비하고 있었던 것이냐."

최 박사의 표정이 날카롭게 변했다.

"어떡할까요? 이곳에 사람을 둘까요? 아니면 그냥 무시할까요?"

한 과학자가 물었다. 최 박사는 그의 물음에 다시 연구실 안을 둘러보았다.

정말 귀신이 곡할 노릇이었다. 그 어디에도 어딘가로 통할 통로라고는 보이지 않았다. 이 모든 것을 완전히 뒤엎지 않는 한, 감쪽같이 사라질 방법은 전혀 없어 보였다.

띠리리리.

정신을 집중하지 못한 최 박사의 휴대전화가 울렸고, 그는 발신자를 보았다.

"법원?"

K—Soldier의 소유권이 결정되는 것은 내일이었다. 오늘 안에 답이 나올 수 없는 것이며, 법원에서 자신에게 개인적으로 연락할 이유도 없었다.

그저 변호사가 한 말을 듣고 자신이 이길 것이라 생각하였던 최 박사였다.

"네, 최철민입니다."

―안녕하십니까? 중앙법원입니다. 귀하께서 신청하신 건에 대해 이의제기가 들어왔기에 확인차 연락드렸습니다.

"……!!"

이의제기를 할 사람은 없었다. 자신이 몰래 준비하였고, 변호사를 통해, 이택수가 알지 못할 정도로 치밀하게 준비하였다.

그런 와중에 이 사안에 대한 이의제기를 했다는 말은 절대 믿을 수 없는 말이었다.

"누굽니까? 누가 이의제기를……."

―그건 지금 말씀드릴 수가 없습니다. 하지만 결정은 예정대로 내일 발표될 것입니다. 하지만 이의제기가 있고, 또 그에 대한 증거도 추가로 들어왔기에, 아무래도 결정에 대한 변수가 있을 수도 있을 것입니다.

법원관계자는 최 박사에게 진행 중인 사안의 결과가 변화될 수 있다는 말을 전해준 후, 통화를 끊었고, 최 박사의 표정은 더욱더 일그러지고 있었다.

"대체…… 누구야? 누가 감히 그런 행동을 한 것이냐!"

최 박사는 고래고래 소리쳤다.

"계속 소리쳐라 최 박사. 인생은 언제나 변수가 생기는 것이다."

그리고 3번째 연구실의 아래. 최 박사가 농담으로 한 말이 지금 진실로 일어난 상황이었다.

3번째 연구실은 말 그대로 바닥이 완전히 뒤엎어진 상황이었다.

지하의 천장이 3번째 연구실의 바닥이 되었고, 바닥에 있던 모든 K—Soldier와 장비들은 이미 준비되어 있던 기계장치로 인하여, 안전하게 3번째 연구실 바로 지하로 순식간에 다 옮겨진 상황이었다.

그리고 그 아래 이택수가 있었다. 그는 자신의 K—Soldier를 보며 중얼거렸고, 고개를 들어 3번째 연구실에서 머리를 쥐어뜯고 있을 최 박사를 생각하였다.

"일단. 내일 무슨 결과가 나올지 모르니 그에 대한 준비를 해 두어야 하지 않을까요?"

한편 회사를 나온 이선우와 노인 선우, 그리고 강지희는 회사 인근 커피숍에 자리 잡아 앉았고, 곧 강지희가 이선우를 보며 물었다.

"준비할 것은 없습니다. 내일 일은 모두 정해져 있고, 그 정해진 결과에 따라 변함없이 일은 일어날 것입니다."

이선우는 창가로 보이는 회사를 보며 답했다. 모두가 K—Soldier에 대한 소유권을 가지려 난리치고 있을 회사 안과는 달리, 회사 외부에서 볼 때는 참으로 평화로워 보이는 회사였다.

"내일 무슨 일이 일어난다는 것인가?"

노인 선우는 이선우의 말을 들은 후, 그에게 물었다. 하지만 이선우는 답을 줄 수 없었다.

내일. 누군가에 의해 방사능 폭발이 일어난다. 그것을 막을 방법은 한 가지밖에 없었다.

누가, 어디서, 무엇을 이용하여 방사능을 유출시키느냐를 알아내는 것밖에 없었다.

하지만 지금 현재로서는 정확하게 누구라고 확정지을 수 없었다. 이택수도 가능성이 있으며, 최철민 박사도 가능성이 있다.

"일단 내일은 되도록 멀리 떠나 계십시오."

"무슨 말인가? 떠나 있으라니?"

노인 선우는 이선우의 뜬금없는 말에 의아한 표정을 지으며 물었다.

"이유는 제가 다음에 알려 드리겠습니다. 그러니 내일은 사모님을 모시고 어디 먼 바다로 여행을 다녀오십시오. 강지희 씨도 함께요. 부탁드립니다."

이선우는 두 사람을 보며 말했다. 아니 부탁하였다.

두 사람은 이선우의 말을 이해할 수 없었다. 정작 이 문제에 대해 더 적극적으로 나서야 할 사람은 강지희와 노인 선우였다.

"네, 그럴게요."

강지희는 그의 말에 답했다. 하지만 노인 선우는 답을 하지 않았고, 강지희를 보았다.

"아버님. 내일 저와 여행 가요. 힘든 나날을 잠시 잊고, 그냥 즐겁게 놀고, 회도 먹고 와요."

강지희는 노인 선우를 보며 해맑은 표정을 지은 채 말했다. 이선우는 그녀의 답을 들은 후, 미소를 지었다.

"잠시 화장실 좀 다녀오겠습니다."

이선우는 자리에서 일어나 화장실로 향하였다.

삐이익!

그리고 그때에 맞춰 알림이 울리고 있었다.

"자칫 이 소리를 두 사람이 들을 뻔하였군."

이선우가 화장실로 온 이유였다. 자신에 대해 어느 정도 의심을 품고 있는 강지희였기에, 그 의심의 불씨를 키우지 않기 위해 더 이상의 실수를 하지 않으려 하였다.

"제가 깜빡 잊고 약속이 있었는데도 이렇게 앉아 있었네요. 내일 다시 뵙겠습니다."

이선우는 그 즉시 두 사람 앞으로 가서 말했다. 노인 선우는 그와 조금 더 있고 싶었지만 이선우가 서두르는 것을 보며 그저 인사만 하였고, 강지희도 이미 그가 갑자기 사라지는 것을 보았기에 또다시 그런 일이 일어날 것임을 짐작하면서 그를 보내 주었다.

이선우는 서둘러 화장실로 다시 갔고, 화장실 문을 닫자마자, 주변이 밝아지고 있었다.

"수고하셨습니다."

이선우는 눈을 떴다. 그리고 그의 앞에는 39층의 실장이 자신을 맞이하고 있었고, 그 옆으로 서 팀장이 서있었다.

"오늘은 안색이 좋아 보이지 않습니다. 일이 잘 풀리지 않았습니까?"

실장이 물었다. 이선우는 그의 질문을 받은 후, 천천히 걸어서 휴게실로 향하였고, 곧 서 팀장은 커피를 가지고 휴게실로 따라 들어섰다.

"오늘은 참 많은 말을 듣고, 많은 것을 보았지만, 결과를 얻지 못했습니다."

이선우는 서 팀장이 준 커피를 받아 들어 한 모금 마신 뒤, 실장의 물음에 답했다.

"큰일이군요. 내일이면 결정의 날입니다. 만에 하나 내일도 이유를 알아내지 못한다면, 이번 임무가 실패하는 것은 둘째 치고, 자칫 이선우 씨도 함께 변을 당할지도 모릅니다."

"……."

실장의 말에 이선우의 눈동자가 미세하게 떨렸다.

"꼭 처리하지 않으셔도 됩니다. 우리도 모든 임무를 다 완수하는 경우는 없습니다. 베테랑들도 실수를 하고, 또 임무에 대해 실패도 합니다. 무리하여 임무 완수에 나서지 않습니다."

실장은 이선우의 마음을 돌리고자 하였다. 이미 그의 성격을 50층의 실장에게서 들었기에, 그는 필시 내일 다시 그 현장으로 가려 할 것을 알고 있었다.

"내일 다시 가겠습니다."

역시였다. 실장이 몇 말을 더 하기도 전에 이미 이선우의 결정은 나와 버렸다. 그의 마음을 돌릴 만한 시간적 여유가 아예 없었다.

"무리하지 않으셔도 됩니다. 그러니……."

"아니요. 내일 꼭 알아내야 할 것이 있습니다. 그리고 그곳에 있는 나와도 약속을 했습니다."

이선우는 노인 선우를 말하고 있었다.

"그리고…… 어쩌면 내 며느리가 될 사람과도 약속을 했습니다."

강지희에 대한 말이었다.

실장은 이선우를 보았다. 그리고 서 팀장에게 눈짓을 주자, 서 팀장은 그 길로 곧장 휴게실을 나서서 어디론가 향하였다.

"먼저 퇴근하겠습니다. 내일 뵙죠."

이선우는 커피를 다 마시지 않은 채, 휴게실에서 일어섰고, 실장에게 인사한 후, 회사를 나섰다.

"선배님. 또 뵙네요."

이선우가 회사를 나온 후, 잠시 회사 앞 계단에 서 있을 때, 얼마 전 50층 실장과 함께 보았던 또 다른 신입 사원을 만났다.

"네, 안녕하세요."

이선우는 회사에 많은 사람들이 있다는 것을 알았지만, 자신처럼 현장을 뛰면서 임무를 완수하는 사람 중에는 이 사람과 처음으로 대화를 나누고 있었다.

하지만 첫 만남 때도 느꼈었다. 이 사람의 나이는 적어도 이선우보다 10년은 더 들어 보이는 오십 대의 사내처럼 보였다.

그런 사내가 꼬박꼬박 선배님이라 부르며 머리까지 숙

이니, 이선우로서는 여간 불편한 것이 아니었다.

"회사를 나오면 일단 서로 편하게 이름을 부르죠. 그리고 난 아직 당신의 이름도 모르고 있습니다."

이선우는 주변의 눈을 의식한 듯, 계속하여 고개를 숙이며 인사하듯 말하고 있는 그의 행동을 저지한 후, 그의 이름을 물었다.

"네, 저는 장태광입니다. 한 달 전에는 대한민국 굴지의 기업인 S.H그룹의 이사였습니다. 하하하."

그는 자신의 과거를 어설픈 웃음과 함께 말해 주었다. 하지만 이선우는 그를 보며 함께 웃음을 지어 주지 못하였다.

그도 자신과 같은 처지로 회사에서 쫓겨났지만 가족의 생계를 책임져야 하기에 이 길로 접어든 것이라 여겼다.

"일은 할 만합니까?"

이선우가 물었다.

"저기…… 그보다 어디 가서 술 한잔하면서 대화할 수 있겠습니까? 제가 선배님께 물어볼 것이 너무 많습니다."

장태광은 이선우의 팔을 잡아끌며 말했다. 이선우는 그의 행동이 너무 부담스러워, 어쩔 수 없이 그의 팔에 끌려 인근 호프집으로 향하였다.

"두 사람이 만났습니다. 괜찮겠습니까?"

그리고 두 사람의 만남은 회사의 지상 5층에 있는 50층 실장의 눈에 들어왔다. 그의 옆으로 한 사내가 다가서며 물었다.

하지만 지하 50층의 실장이 최상급 레벨자들만 모여 있는 지상 5층에 있는 것은 이해할 수 없는 부분이었다.

"그냥 둔다. 그리고 이 사실 또한 모두에게 비밀로 한다."

"알겠습니다. 실장님."

50층의 실장은 눈으로 본 것을 그 자리에서 잊도록 명령 내렸다. 자신 또한 그 내용에 대해서는 왈가왈부하지 않으려는 뜻으로 풀이가 되었다.

"아, 그러셨군요. 단 세 번의 임무 성공으로 39층까지 오르시다니, 정말 존경스럽습니다."

장태광은 이선우에게 엄지손가락을 치켜세워 주며 말했고, 맥주잔을 들어 건배를 외쳤다.

이선우는 자신보다 10년은 더 늙은 그를 보며 안쓰럽다는 생각도 들었다. 아직 제대로 된 임무를 받지 못했다는 그의 말을 들었고, 곧 50층 실장이 했던 말도 기억에 떠오르고 있었다.

많은 신입사원들이 입사하지만, 일거리가 없어 퇴사하는 경우도 많다고 하였다. 그리고 지금 장태광도 일거리가 없어, 그저 아침에 출근하여 시간 되면 그냥 퇴근하는 경우가 일수였다.

그에 반해 이선우는 언제나 일거리를 가지고 일을 하니, 모두에게 부러울 따름이었다.

띠리리리.

"응, 여보."

평소보다 늦는데 연락도 하지 않았기에, 아내가 전화하였다.

"그래. 저녁은 가서 먹을게, 곧 갈 거야."

이선우는 웃으며 그녀와 통화하였고, 곧 그의 앞에 앉았던 장태광이 자리에서 일어섰다.

"왜? 더 드시지 않고."

"제가 염치가 없었습니다. 약속도 없이 이렇게 선배님의 시간을 빼앗았는데 그로 인하여 사모님께 안 좋게 찍히기라도 하면, 제가 다음부터 선배님을 볼 수 없지 않겠습니까? 그래서…… 오늘은 이쯤에서 끝내고 다음에 미리 약속을 잡고 제가 다시 자리를 마련하도록 하겠습니다."

장태광은 그를 보며 말한 뒤, 서둘러 카운터로 가서

계산을 하였다. 곧 문까지 열어 주며, 웃고 서 있었다.

이선우는 그의 과잉 친절에 당황하였다. 그렇다고 사람의 친절을 또 무시할 수 없기에, 그저 어색한 웃음을 지으면서 넘기고 있었다.

"그럼 다음에 또 뵙겠습니다. 조심히 들어가십시오."

장태광은 이선우를 향해 또다시 몇 번이나 허리를 숙이고 또 숙이며 인사하였고, 이선우는 불편한 마음에 뒤도 돌아보지 않은 채 서둘러 집으로 향하였다.

"헉헉."

정말 한 걸음도 쉬지 않고 뛰어서 집으로 온 후, 문 앞에 서서 가쁜 숨을 내쉬고 있었다.

"여보, 왜 그래요?"

아내는 어떻게 그리 잘 아는지, 이선우가 문 앞에 섰을 때, 잘도 알고 문을 열어 주곤 하였다.

"그냥. 요즘 운동이 부족한 것 같아서, 운동 삼아 뛰었더니 배가 고프네."

이선우는 아내의 말에 웃으며 말한 뒤, 곧 집으로 들어섰다.

"조용하네."

평소 같으면 두 아들이 달려와 안겨야 했다. 하지만 너무 조용하였다.

"자요."

아내는 신발장 앞에서 멍하니 서 있는 이선우를 보며 말했다.

"자?"

"네, 자요. 오늘은 피곤했는지 9시쯤에 자러 들어갔어요."

아내는 부엌에서 저녁상을 차리며 말했다. 이선우는 그녀의 말을 들으며 신발을 벗고 거실로 올라섰다. 그리고 아들들 방문을 열어 보았다.

두 아들의 숨소리가 잘도 들리고 있는 조용한 방이었다.

"잘 자죠?"

아내가 물었다.

이선우는 갑자기 과거가 떠올랐다. 자신이 언제부터 아들들을 보며 안아 주었는지가 떠올랐다. 불과 한 달 되었다. 한 달 전에는 아들들이 자는 모습만을 보고 살아왔다.

"아빠를 기다리다 잠들었어요."

아내의 나지막한 목소리에 이선우의 시선이 아내에게로 돌아갔다. 그냥 한 말이라 생각할 수도 있지만, 생각하면 참 많은 뜻을 품은 말 같았다.

아이들이 아빠를 기다리는 것은 어쩌면 당연한 일이었다. 하지만 불과 한 달 전까지는 아이들이 아빠를 기다리는 일은 없었다.

이유는 아주 간단하였다. 기다려도 아빠는 오지 않는다. 아니, 집에 왔지만, 아이들이 아빠가 온 것을 알지 못한다.

아침에라도 보게 된다면 어제 아빠가 왔었다는 것을 알겠지만, 아침에도 역시 아이들은 아빠를 보지 못했다.

"식사하세요."

아내가 저녁 식사를 준비하는 동안, 이선우는 아이들의 자는 모습만을 보고 있었다.

"어, 그래."

이선우는 옷을 갈아입고 간단하게 세면과 손, 발을 씻은 후 식탁에 앉았다.

"당신은?"

"난 아이들과 먹었어요."

최근 한 달 동안 언제나 저녁을 함께 먹었다. 하지만 오늘 하루. 아무런 연락도 없이 이선우가 늦는 바람에 아내와 아이들은 어쩌면 실망했을지도 모르는 일이었다.

아주 오랫동안 그렇게 살아왔지만, 그렇게 살지 않았던 한 달 동안의 행복이 오늘 하루는 없었던 것처럼 느껴졌다.

"미안해."

이선우는 자신도 모르게 미안하다는 말이 나왔다.

"아니에요. 당신은 언제나 가족을 위해 살아온 사람이에요. 당신이 우리에게 미안하다고 말하면, 우린 당신에게 할 말이 없어요. 언제나 감사하고 사랑하지만, 그 말도 당신이 미안하다고 하면 할 수 없는 말이에요."

아내의 말을 들은 이선우는 수저를 들다 말고 아내를 빤히 보았다.

"고마워."

그리고 웃으며 말했다. 미안하다는 말 대신, 고맙다는 말과 사랑한다는 말. 그런 말이 오히려 더 어울리는 말 같았다.

Episode 4

Chapter 8

"아빠! 일어나세요!"

어제는 정말 어떻게 잠을 청했는지도 모르게 잠이 들었고, 어느새 귓등에 아이들의 큰 목소리가 들려왔다.

이선우는 눈을 떴고, 자신의 바로 옆에서 두 아들이 아주 환한 미소를 지으며 웃고 있는 것이 보였다.

"이놈들, 잘 잤어?"

"네, 아빠! 그리고 어서 일어나세요. 벌써 여덟 시예요."

"뭐?"

이선우는 느긋하게 침대에서 눈을 떠 두 아들을 보고 있다가, 지민의 말에 화들짝 놀라며 벌떡 일어나 거실로 나왔다.

"여보, 왜 깨우지 않았어?"

이선우는 부엌에서 반찬을 만들고 있는 아내를 보며 놀란 눈을 한 채 물었다.

"네? 벌써 일어나셨어요? 피곤하신 것 같아서 깨우지 않았는데."

"아무리 피곤해도 그렇지 여덟 시가 될 때까지……."

"이제 일곱 시예요. 아직 시간이 있어서 깨우지 않은 건데……."

이선우는 아내의 말을 들은 후, 안방 문 앞에 멍하니 서 있었다. 그리고 방 안에서 킥킥거리며 웃고 있는 두 아들을 보았다.

"이놈들이……."

이선우는 괴물처럼 두 손을 벌려 번쩍 들고서는 아이들을 향해 다가섰고, 아이들은 놀란 눈으로 이리저리 피하며 거실을 뛰기 시작하였다.

"조용! 아래층에서 시끄럽다고 올라와요!"

세 사내가 쿵쿵거리며 뛰니 아내의 큰 목소리가 들려왔다. 언제나 많은 문제를 가지고 있는 층간 소음으로 인하여 아이들과 자유롭게 움직이기도 힘든 요즘 세상이었다.

"잘 다녀오세요."

오늘은 두 아들보다 이선우가 먼저 출근하고 있었다. 지민이 이선우를 보며 힘차게 인사하였고, 영민은 제대로 인사하지도 않은 채 고개를 숙이고 있었다.

"영민이, 아빠에게 할 말이 있어?"

이선우는 영민을 보며 물었다.

"아빠…… 저 있잖아요…….."

영민이 말을 제대로 하지 못하자, 이선우는 아내를 보았다. 아내는 뭔가 제스처를 보이며 말하고 있지만, 이선우는 그녀가 하고자 하는 말이 무엇인지 알 수 없었다.

"영민이 내일 유치원에서 아빠와 수업한대요. 그런데 아빠가 회사에 나가시니 함께할 수 없을 것 같아서 이러는 것 같아요."

영민이 하지 못하는 말을 지민이 대신하였다. 그리고 아내는 어색한 미소를 지었다.

"영민아, 내일 유치원에서 아빠와 함께하는 수업이 있어?"

"응."

"우리 영민이는 아빠 하고 수업을 함께하고 싶구나."

"응."

영민은 이선우의 말에 조금씩 얼굴에 미소가 생겨나면

서 답하고 있었고, 지민과 아내도 이선우의 답을 기다리고 있는 듯한 눈빛을 하고 있었다.

"그래, 오늘 아빠가 회사 사장님한테 말해서, 내일 하루 우리 영민이와 같이 있게 해 주세요…… 라고 말하고 올게."

"정말이에요? 정말 그렇게 할 거?"

영민의 목소리가 커지고 있었다. 얼굴 표정도 환해지고 있었다.

반면에 아내의 표정은 그리 밝지 않았다. 회사 입사한 지 이제 고작 한 달이 되었는데, 벌써부터 아들 문제로 회사에 휴가를 낸다는 것이 그리 마음을 편치 않게 하고 있었다.

"다녀올게."

이선우는 그런 아내의 표정을 보면서 그저 웃어 주었고, 두 아들의 머리를 쓰다듬으며 말했다.

"다녀오세요!"

아이들의 목소리가 아주 컸다. 특히 영민이의 목소리가 너무 우렁차고 컸다.

"안녕하세요."

회사에 들어선 이선우는 승강기 앞에 서 있는 직원에

게 인사한 후, 39층으로 향하였다.

"오셨습니까?"

서 팀장이 그를 반겼다. 그리고 곧 실장도 그녀의 뒤로 서며 이선우에게 인사하였다.

"오늘 컨디션은 어떻습니까?"

실장이 물었다.

"좋습니다. 그리고 오늘 임무를 기분 좋게 끝내고, 내일 아들과 하루 휴가를 보냈으면 합니다."

"네, 그렇게 해 드리겠습니다."

실장은 이선우의 부탁을 이유도 묻지 않고 바로 승인해 주었다.

"오늘은 임무의 마지막 날입니다. 현지 시각으로 정확하게 오후 1시 20분에 폭발이 일어나면서, 공장 내에 있던 모든 방사능 물질이 외부로 빠져나가게 됩니다. 그전에 막아야 합니다."

서 팀장이 굳은 표정으로 말했고, 곧 실장의 표정도 다시 어두워졌다.

"꼭…… 가셔야 하겠습니까?"

서 팀장이 다시 물었다.

"가야 합니다. 약속을 했으니까요. 정해진 시간대로라면 시간이 부족할 것 같습니다. 지금 당장 현지로 출발할 수 있을까요?"

이선우는 서두르기로 하였다. 정상적으로 업무가 시작되는 9시에 현지로 간다면, 내용을 알아볼 수 있는 시간은 고작 4시간밖에 없는 상황이었다.

그 시간 안에 이유를 알아내고, 또 막으려면 시간이 부족할 것 같았다.

"알겠습니다. 지금 바로 현지로 보내 드리겠습니다."

실장도 망설이지는 않았다. 그를 곧바로 LED 위로 오르도록 하였고, 다시 한 번 그를 보았다.

"지원이 필요하시다면 지금 말씀하십시오. 다행히도 오늘 임무가 없는 베테랑 한 분이 계십니다."

"아니요. 이 일은 베테랑이라 해도 꼭 해낸다는 보장은 없을 것 같습니다. 기계적인 문제라면 베테랑의 힘이 필요하겠지만, 이건 사람의 문제입니다. 그러니 베테랑은 필요치 않습니다."

이선우는 실장의 제안을 거절하였다. 그의 자만심이 아니었다. 약속을 지키기 위하여 가는 것이고, 또 내일 영민이와 한 약속도 지키기 위하여 꼭 다시 돌아와야 하는 그였다.

"다녀오겠습니다."

이선우는 눈을 감았다. 실장은 눈을 감은 그를 잠시

동안 보고 있었다.

"건투를 빕니다."

그리고 나지막한 목소리로 말한 뒤, 임무 시작을 알리는 버튼을 눌렀다.

이선우는 눈을 떴다. 너무나 조용한 주변이었다.

"연구실……."

이선우가 눈을 뜬 곳은 어제 일곱 대의 K—Soldier를 보았던 그 마지막 세 번째 연구실이었다.

"그런데 어제와는 다르다. 외부에 빛이 없어. 마치 지하실처럼……."

이선우는 주변을 둘러보며 중얼거렸다. 필시 주변의 모든 것은 세 번째 연구실과 일치하였지만, 다른 것은 오직 하나, 바로 외부에서 들어오는 빛이 없다는 것이었다.

"영민아……."

이선우는 주변을 둘러보다 일곱 대의 K—Soldier 중, 이영민의 형상을 본떠서 만든 K—Soldier가 눈에 들어왔다.

그리고 그의 앞에서 얼굴을 만져 보며 나지막이 그의 이름을 불렀다.

"오늘 안에는 꼭 마무리를 지어야 한다. 어떻게 해서

라도 최 박사를 막고, 또 쓸데없이 권력질을 일삼는 그 미치광이 과학자들도 모두 막아 둬."

"알겠습니다, 사장님."

K—Soldier 영민을 만지고 있을 때, 이택수의 목소리가 들렸고, 이선우는 곧바로 주변 구석의 어두운 부분으로 이동하였다.

지이이잉.

곧 문이 열리며 이택수와 함께. 처음 보는 사내가 따라 들어왔다.

"한 시간 후에 K—Soldier를 모두 가동시킬 것이다. 그렇게 해서 최 박사를 막을 것이니, 넌 최 박사의 졸개들이 양산형 K—Soldier를 외부로 옮기는 것을 저지해라."

이택수는 K—Soldier를 가동할 생각이었다. 자신이 만든 일곱 대의 K—Soldier를 이용하여 자신의 입지를 다지겠다는 뜻으로 들려왔다.

"최철민…… 감히 나에게 그따위로 행동하겠다? 당신이 지난 5년 전, 이영민 박사를 비롯하여 그의 일행 모두를 어떻게 처리했는지 내가 잘 알고 있는데, 나에게 그딴 식으로 나오겠다 이건가……."

"……!"

이택수가 홀로 중얼거린 말이지만, 그 말은 어둠 속에 몸을 숨기고 있는 이선우의 귀에 고스란히 들어갔다. 그의 온몸에 소름이 돋고 있었다.

"하지만 오늘이 지나면 그 5년 전의 일도 모두 세상에 알려질 테고, 그렇게 되면 만에 하나 당신이 나에게 이겨 승자가 되더라도, 결코 승자의 대우를 받지 못하도록 해 주리다."

이택수는 날카로운 눈빛을 한 채, 계속하여 홀로 중얼거린 뒤, 이선우가 처음에 보았던 낡은 PC 앞으로 가서 앉았다.

'저 PC. 강지희 씨와 다시 이곳에 왔을 때는 없었는데…… 그리고 여긴 어디쯤이지.'

이선우는 어둠 속에서 꼼짝도 하지 않은 채, 이택수를 보며 홀로 생각하였다.

"사장님, 최 박사가 사장님을 뵙고자 비서실을 통해 연락을 해 왔습니다."

이택수가 PC를 켠 후 뭔가 하려고 할 때, 문이 열리며 한 사내가 들어와 말했다.

"최 박사가? 노인네 똥줄 타는 모양이군. 나에게 그딴 식으로 대하고서는 이제 와서 빌어 볼 생각인가 본데……"

이택수는 말을 흐리며 자리에서 일어나, 그와 함께 사무실을 나섰다.

이선우는 주변에 아무도 없는 것을 확인하고 어둠 속에서 나와 PC 가까이로 움직였다. 그리고 PC의 바탕화면에 있는 폴더들을 보았다.

"K—Soldier 작동 요령?"

그중에 이선우의 눈길을 끄는 폴더가 있었다.

"자신이 만든 K—Soldier인데 작동 요령을 따로 파일로 보관한다? 의심이 가는군."

쉽게 의심할 수 있는 부분이었다. 비록 양산형으로 만들어 국방부에 제출하기 위해서는 이런 매뉴얼이 필요할 것이었다.

하지만 자신이 직접 만들고, 자신만을 위해 작동시킬 일곱 대의 K—Soldier에 대한 요령을 따로 파일화하여 만들어 둘 필요는 없을 것이었다.

이선우는 사무실 문으로 향하였고, 곧 주변에 아무도 없다는 것을 다시 한 번 확인한 후, PC에 자리하여 앉았다.

그리고 해당 폴더를 더블 클릭한 후, 폴더 인에 있는 자료들을 보기 시작하였다.

"미친놈이군……."

파일을 열어 얼마 읽지 않은 후, 이선우의 입에서는 격한 말이 나왔다.

"일곱 대의 K—Soldier는 자신만을 위한 군인이며, 이 군인들을 통해 권력을 가질 것이다? 정말 미치지 않고서야 어떻게 이런 생각을 할 수 있지."

이선우는 그의 파일에 기록된 내용들을 읽으면서 점점 표정이 굳어지고 있었다.

"아. 먼저 가서 최 박사에게 조금 더 기다리라고 해라. 난 잠시 한 가지 정리하지 못한 것을 정리하고 가겠다."

"네, 사장님."

최 박사를 만나러 가던 이택수가 갑자기 발길을 돌렸다. 하지만 그가 다시 돌아오고 있다는 것을 이선우는 모르고 있었고, 계속하여 그가 기록한 파일들을 읽고 있었다.

"작동법은 의외로 간단하군. 하지만 내장된 메모리에 의해 오로지 이택수의 말만 듣는다는 건데……. 그럼 이건 누가 작동시켜도 결국은 이택수의 말만 듣게 되는 로봇이잖아."

작동법을 먼저 알아내면, 이택수보다 자신이 먼저 K—Soldier를 가동하여 이택수의 야망을 꺾어 놓을 생

각이었다. 하지만 이택수는 이미 그런 면까지 다 생각해
두었다.

이택수는 PC가 있는 사무실로 점점 더 가까워지고 있
었다. 하지만 그때까지도 이선우는 이택수가 돌아온다는
것을 알지 못한 채, 마지막 파일을 더블클릭하여 열어 보
았다.

"······!!"

그리고 파일이 열리자마자 그의 눈동자는 심하게 떨리
기 시작하였고, 놀란 눈은 깜빡거리지도 않았다.

"이택수······ 네놈도 결국 최 박사와 같은 녀석이고,
두 사람이 서로 함께 저지른 일을 서로의 치부로 가지고
있는 모양이구나."

이선우의 눈빛이 매섭게 변하면서 이를 갈며 말했다.

"······!!"

그리고 파일을 더 읽어 내려가다, 인기척을 느낀 그는
서둘러 파일을 닫고, 다시 어둠 속으로 들어섰다.

지이이잉.

그가 어둠 속으로 사라지마자, 이택수가 사무실 문을
열고 안으로 들어섰고, 그는 잠시 그 자리에 가만히 신
채 주변을 둘러보는 듯하였다.

하지만 이선우가 몸을 숨기고 있는 곳은 정말 짙은 어

둠 속이었다. 빛이라고는 전혀 들어오지 않는 지하이며, 불빛이라고는 PC가 놓인 책상 위에 달린 백열등이 전부였다. 그러기에 그 넓은 곳의 어둠은 아주 짙었다.

이택수는 주변을 둘러보다 이내 PC 앞으로 갔다. 그리고 모니터를 뚫어지게 보고 있었고, 다시 주변을 둘러보았다.

"기분 탓인가."

홀로 중얼거린 뒤, 의자에 앉았다.

"……!"

그 순간 이택수의 눈동자가 커졌고, 그는 다시 자리에서 일어섰다. 그리고 주변을 둘러보았다.

'눈치챈 것인가…….'

이선우는 그의 행동을 보며 생각하였다. 하지만 이택수는 어둠 속에 몸을 숨기고 있는 이선우를 볼 수 없었다.

"누구냐? 누가 감히 나를 훔쳐보고 있는 것이냐?"

"……!!"

이택수는 이곳에 이선우가 있는 것을 아는 듯, 인상을 찌푸린 채 말했다. 그리고 그의 말에 이선우의 눈동자가 더 커지고 있었고, 놀란 눈빛이 혹여나 그에게 보일까 눈도 감았다.

"사장님, 국방부에서 K—Soldier에 관한 소유권을 어디로 둘 것인지 다시 한 번 물어 왔습니다."

이택수가 주변을 더 확인하려 할 때, 사무실 문이 열리며 한 사내가 들어와 그에게 말했다.

"그보다. 내가 나간 사이 누군가 이곳에 들어온 사람이 있는가?"

"네?"

"나 외에 누가 이곳에 들어왔는지를 묻는 것이다."

"아닙니다. 없었습니다. 이곳으로 들어오려면 필시 제가 서 있는 문을 통과해야 합니다. 하지만 사장님께서 나가신 후, 그 누구도 들어온 적이 없습니다. 그런데……왜 그러십니까?"

사내는 뜬금없는 이택수의 말에 당황하며 답했다.

"의자…… 의자에 사람의 체온이 남아 있다. 내가 앉았다고는 하지만, 잠시 앉았다 일어났다. 그런 짧은 시간에, 지금까지 사람의 체온이 의자에 남아 있을 리 없다."

이택수가 누군가 사무실에 있었다는 것을 알게 된 이유였다.

"제가 확인하겠습니다. 그러니 사장님께서는 서둘러서 국방부에 답변을 주시기 바랍니다. 자칫 최 박사가 먼저 나서면 혼선이 생길 것 같습니다."

이택수는 찝찝한 기분을 가진 채, 사무실을 나설 수밖에 없었다.

"잘 확인해라. 나 외에 그 어떤 누구도 이곳에는 들어가면 안 된다."

"알겠습니다."

그는 서둘러 사무실을 나가 자신의 사무실로 이동하기 시작하였고, 이택수에게 내용을 알린 사내가 이번엔 PC가 놓인 사무실 안을 두리번거렸다.

탈칵.

그러다 어둠 속을 확인하고자 손전등을 밝혔고, 이선우는 그 순간 주변을 두리번거리며 빠져나갈 곳을 찾아보았다.

"젠장……."

하지만 그 어디에도 틈은 보이지 않았다. 아주 작은 공간이라도 있다면 그곳에 몸을 숨기겠지만, 그런 공간마저도 없는 상황이었다.

사내는 사무실 왼쪽 끝에서부터 천천히 손전등을 이동시키며 우로 이동하기 시작하였다.

이선우는 점차 자신을 향해 다가서는 손전등의 불빛을 보며 심장이 요동치기 시작하였고, 소리 나지 않게 뒤로 조금씩 물러나고 있었지만, 손전등이 다가오는 속도보다는 느렸다.

툭.

그리고 끝내 오른쪽 모서리 끝까지 몸이 닿았고, 손전등은 이제 이선우와 약 2미터 거리를 두고 다가서고 있었다.

이선우는 다시 사방을 돌아보며 숨을 곳을 찾아보았지만, 그 어디에도 몸을 숨길 곳은 없었다.

이제 30센티미터 정도 거리로 손전등의 불빛이 다가왔고, 이선우는 두 눈을 꼭 감은 채 그를 향해 달려갈 채비를 하였다.

"이봐. 나 물 좀 마시고 올게."

"어, 그래."

불빛이 다가온 순간이었다. 그 순간 다른 사내가 사무실 문을 빼꼼 열며 말했고, 손전등을 비추고 있던 사내가 그를 보았다.

그리고 이미 그가 들고 있던 손전등의 불빛은 이선우를 밝히고 있었지만, 두 사내의 눈은 이선우를 보지 못하고 있었다.

사내는 그의 말에 답한 뒤, 다시 손전등이 비추는 어둠 속을 보았다.

"아무도 없네."

그가 잠시 눈을 돌린 그때. 그 짧은 순간에 이선우는 손전등의 불빛을 피해 다시 반대로 움직였던 것이다.

그리고 손전등의 불빛은 왼쪽 끝에서부터 오른쪽 끝까지 다 이동하였고, 결국 이선우를 찾지 못하고 넘어가게 되었다.

그는 다시 사무실 밖으로 나섰고, 이선우는 사무실 문 앞으로 서서히 이동하였다.

이미 PC에 기록된 내용은 모두 읽어 보았다. 그리고 무슨 영문인지는 모르지만, 한 번 읽은 그 내용이 머릿속에 모두 저장되어 있는 듯한 느낌이었다.

이선우는 사무실 외부를 이리저리 보았다. 다행히도 조금 전에 나간 사내마저 눈에 보이지 않았다.

그사이 이선우는 사무실 밖으로 나가, 다른 통로를 통해 빠르게 몸을 숨겼고, 그제야 자리를 비웠던 그 사내가 다시 자리로 돌아와 앉았다.

이선우는 서둘러 그곳을 벗어나려 움직였다.

"……!"

그러다 한 통로를 지날 때쯤. 전면이 모두 통유리로 되어 있는 곳을 지나쳐 가게 되었고, 그 통유리 너머로 전개된 광경에 그의 눈동자가 커지고 있었다.

필시 이곳은 이 회사의 지하가 확실하다 여겼다. 하지

만 외부에서 보는 것과 달리, 지하에 이런 웅장한 시스템을 만들어 놓고 무언가를 진행 중일 것이라고는 생각지도 못하였다.

이선우는 조금 더 자세히 보기 위하여 통유리 앞으로 다가섰다. 그리고 아래를 내려다보았다.

약 30미터는 더 아래로 내려가 있는 듯하였고, 그 맨 아래에는 몇 사람이 이리저리 움직이고 있는 것이 보였다.

"Human—2050……."

이선우의 눈에는 30미터 아래에서 뭔가를 조립하고 있는 Human—2050이 보였다. 원래 이 기계는 K—Soldier를 조립하는 기계라고 이택수에게 들었다.

하지만 K—Soldier를 조립하는 기계인 만큼, K—Soldier의 모든 프로그램은 물론, K—Soldier를 능가하는 능력까지 갖춘 기계라고 하였다.

"저곳에서 뭐 하는 거지?"

이선우는 아래로 내려가 보고 싶었다. 그는 고개를 돌리며 아래로 내려갈 수 있는 곳이 있는지를 확인하였다.

그러다 반대편 통로에서 한 사내가 승강기 같은 것을 이용하여 아래로 내려가는 것이 목격되었다.

"저쪽까지 가야 하는 건가."

이선우는 홀로 생각한 뒤, 자신의 뒤를 보았다. 그리고 시선을 좌우로 더 돌려보았다.

"반대편에도 있다면 이곳에도 있다는 말이지."

이선우의 생각이 맞았다. 건물 반대편에 있는 승강기는 지금 이선우가 서 있는 곳에서 좌로 약 5미터 떨어진 곳에 하나가 더 있었다.

이선우는 승강기로 다가가 버튼을 누른 후, 다시 주변을 둘러보았다.

"사장님, 국방부에서 사장님의 의견을 먼저 수렴할까요? 혹시나 최 박사가 먼저 손을 쓴다면……."

이선우가 승강기 앞에서 기다리고 있을 때, 반대편에서는 이택수와 함께 그의 비서로 보이는 사내가 함께 걸어가고 있었다. 비서가 그에게 물었다.

"누가 먼저라는 것도 중요하겠지만, 결국은 실력이다. 난 오늘 내가 만든 K—Soldier를 데리고 그들 앞에 설 것이다. 국방부장관의 눈과 귀를 의심하게 만들 아주 화려한 쇼를 준비할 것이다. 그리고 최 박사는 양산형 K—Soldier를 데리고 국방부장관 앞에 서서 쇼를 하겠지."

이택수는 비서의 질문에 답하며 걷고 있었고, 곧 곁눈을 통해 건물 반대편 승강기 문이 열리는 것이 그에게 보였다.

이택수는 승강기를 향해 시선을 고정시키고 있었다. 하지만 승강기에 탑승하는 사람은 보이지 않았다.

"사장님, 왜…… 그러십니까?"

비서가 물었다.

"아니다. 아무도 없는데 승강기 문이 열리니 신기해서 말이다."

이택수의 말에 비서도 시선을 돌려보았다. 하지만 여전히 승강기에 탑승하는 사람은 보이지 않았다 .

하지만 이미 이선우는 승강기 안으로 들어서고 있었다. 혹시나 하는 이유로 몸을 낮춘 채 승강기로 향하였고, 건물 지표면에서부터 약 1미터 정도는 불투명한 벽돌로 시공되어 있는 탓에 반대편의 복도 밑바닥까지 전부 볼 수 없었다.

그래서 이선우가 몸을 낮춘 채 승강기로 오르는 것을 반대편에서는 확인할 수 없었던 것이다.

"마지막 날인데, 살 빠지겠군."

이선우는 승강기 안에서 승강기 문이 다 닫힐 때까지 몸을 일으키지 않은 채 숙이고 있었고, 문이 다 닫히자 서서히 몸을 일으켜 세우며 말했다.

"오늘이면 모든 것이 마무리된다. 마지막 날이니 최박사가 어제 나를 위협한 대로 일이 진행되지 않도록 각

별히 주의하라."

"알겠습니다, 사장님."

이택수는 다시 PC가 있는 사무실로 들어서며 말했고, 곧 자신의 PC 앞에 앉아 파일을 열어 보았다.

하지만 그가 연 파일은 이선우가 본 파일이 아닌, '새 폴더'라고 되어 있는 기본적이 파일이었다.

파일 안에는 K—Soldier의 내부 프로그램에 대한 설계도면이 담겨 있었고, 프로그램에 입력된 명령어에 관한 내용들이 있었다.

만약 이선우가 이 파일을 보았다면, 이택수가 K—Soldier로 무엇을 하려는지 정확하게 알 수 있었을 것이었다.

"지금까지 봤던 몇 대의 Human—2050과는 차원이 다르군. 거대하며 정교하다."

이선우는 지하까지 다 내려왔다. 그리고 자신의 눈앞에 있는 Human—2050을 보며 말했다.

"자자, 서둘러. 11시까지 K—Soldier를 외부로 올려 보내야 한다."

이선우가 거대하고 정교한 Human—2050을 보고 있을 때 한 사내가 소리쳤고, 이선우는 곧바로 옆 통로로 몸을 숨기며 주변을 둘러보았다.

사람들은 바삐 움직이고 있었고, 그들은 손에 무언가를 작동하기 위한 스위치 같은 것을 들고 있었다.

"이곳이 이택수가 말한 지하 7층인가?"

이선우는 주변 상황을 모두 확인하며 내린 결론을 홀로 중얼거렸다.

K—Soldier의 테스트 중, 세 번째 테스트가 지하 7층에서 열린다는 말을 한 적이 있었다. 그리고 PC가 있는 방을 기준 잡았을 때, 승강기를 타고 내려온 층수를 계산하면 얼핏 지하 7층 정도가 되는 듯하였다.

"사장님, 모든 준비가 끝났습니다."

이택수는 여전히 PC에 앉아 무언가를 계속 보고 있었다. 곧 비서가 다가서며 말하자, PC화면을 닫고 전원을 끈 후 자리에서 일어났다.

"국방부는 물론, 초대한 인원들은 다 오는 것인가?"

이택수는 비서와 함께 이동하며 물었다.

"아직 모두에게 답변은 받지 못한 상황입니다. 현재로서는 국방부와 총리, 국회의원 일부와 경제계 중, 회장님과 사업적 거래가 있는 기업인들이 참가한다는 연락을 보내 왔습니다."

"왜? 왜 내가 아니고 아버지와 인맥이 있는 사람들에게 연락이 온 것인가? 나의 사람들은? 나와 사업적 거래를 둔 사람들의 연락은 없는가?"

이택수는 비서의 말을 들은 후, 인상을 구기며 다시 물었다. 하지만 비서는 그의 말에 답을 하지 못하고, 시선을 돌리기만 하였다.

"인생을 잘못 살았다는 말을 듣지 않을 것이다. 나를 무시한 그들에게 내가 어떤 놈인지…… 제대로 보여 주겠다."

이택수는 화가 치밀어 오르고 있었다. 자신의 아버지는 경제적 위치에서 워낙 위에 있는 사람이기에, 그 사람의 눈 밖에 나지 않으려 몇 인물은 참가의사를 밝혔을 것이었다.

하지만 이택수가 원하는 것은 아버지의 사람이 아닌, 자신의 사람이었다.

"일단 참석 인원에 국방부와 국무총리가 있으니, 최 박사를 누를 수 있는 기회이기도 합니다."

그의 표정이 어두워지고 있을 때, 그의 비서는 이택수의 기분을 풀어줄 만한 말만 하였다.

"일단 가자. 어차피 이번 소유권 경쟁에서 가장 큰 역할을 할 사람은 국방부와 국무총리다. 그 두 사람의 마음만 제대로 잡는다면, 최 박사는 걱정하지 않아도 된다."

이택수는 다시 마음을 가다듬었고, 곧 세 번째 테스트가 있을 지하 7층으로 향하였다.

"그런데 오늘은 영수 씨가 보이지 않네?"

"영수 씨요?"

한편 회사 경비실에 앉아 있던 노인 선우는 주변을 두리번거리며 말했고, 그와 함께 앉아 있는 강지희가 처음 듣는 이름이라 물었다.

"그래. 어제 자네와 함께 이택수를 만났던 그 총각. 그가 이영수잖아."

"이지민이라고 들었습니다. 그런데 아버님께는 이영수라고 말한 거예요?"

강지희는 노인 선우의 말을 들은 후, 자신의 본명을 밝히지 않고 만나는 사람에게 서로 다른 이름을 말한 그를 이해할 수 없었다.

"그런데. 어제 영수 씨가 회사로 오지 말라고 했는데, 이래도 되는지 모르겠네."

노인 선우는 어제 이선우와 한 약속이 계속 마음에 걸렸는지, 강지희를 보며 말했다.

"괜찮아요. 아버님과 저만의 비밀로 하면 돼요. 오늘

우리는 이곳에 없었던 거예요. 아셨죠?"

강지희는 노인 선우를 보며 당부하였다.

"그래. 나도 영민이가 이 회사와 관련되어 있다는 것을 듣고 난 뒤에는 그냥 물러날 수 없었지. 자네가 도와주게. 우리 영민이가 어디에 있는지, 이제는 알아야겠네."

노인 선우는 5년간 기다렸다. 그의 아내도 아픈 몸으로 5년간 기다렸다. 더 이상의 기다림은 자칫 돌이킬 수 없는 일을 가져올 것이라 여겼다.

"오늘은 지민 씨의 눈을 피하는 것이 좋겠어요. 일단 저를 따라오세요."

강지희는 경비실에 있는 노인 선우를 데리고 회사 안으로 더 들어간 뒤, 지난번 이선우와 함께 들어섰던 하얀 방이 있는 곳으로 향하였다.

언제나 그곳으로 가는 길목은 한 사내가 지키고 있었지만, 오늘은 아무도 없었다.

"아버님께 꼭 보여 드리고 싶은 곳이 있었습니다."

강지희는 이선우에게 보여 주었던 그 방을 노인 선우에게도 보여 주려 하였다.

두 사람은 긴 통로를 지나, 하얀 방이 있는 곳으로 향하였다.

"이곳은……."

두 사람은 곧 하얀 방에 도착하였다. 그리고 노인 선우는 방 안을 보며 놀란 눈을 한 채 주변을 둘러보며 말했다.

"이 방을 아시나요?"

강지희가 물었다.

"우리 영민이…… 영민이의 방과 너무나 닮았네."

강지희도 처음 듣는 말이었다. 방은 정말 아무것도 없는 그저 지저분하며 하얀색으로 도배된 방이었다. 하지만 이 모든 것이 마치 이영민의 방을 그대로 옮겨 둔 것처럼 보인다는 노인 선우의 말에 강지희의 눈동자가 떨리고 있었다.

"어떻게 이런 방이 여기에 있는 건가?"

노인 선우는 방 주변을 이리저리 만져 보며 물었다.

"자세히는 모르지만, 아무래도 이곳에서 영민 씨가 생활한 것 같아요. 아무것도 없는 이런 방에서……."

강지희는 이내 눈물이 맺히고 있었다. 며칠 전, 이선우와 왔을 때도 이런 느낌은 들지 않았다. 하지만 노인 선우가 방 안을 이리저리 만져 보며 눈시울을 적시니, 그녀의 눈에도 눈물이 맺힌 것이었다.

"안 되겠네. 영민이가 아무래도 이 회사 어딘가에 있

을 것 같네. 찾아봐야겠어."

이선우가 무언가를 알아내기 전까지 숨어 있으려 하였다. 하지만 노인 선우는 영민이 생활한 것으로 보이는 방을 직접 본 뒤. 마냥 기다리고 있을 수는 없었다.

"사장님. 귀빈들이 모두 자리하여 앉았습니다."

한편 지하 7층에는 국방부 관계자는 물론, 국무총리와 대한민국의 경제계 인사 수십 명이 자리하고 있었고, 이택수의 비서가 그에게 다가가 말했다.

"노인네, 당신이 아무리 법이 어쩌고 지랄을 떨어도, 결국 이 사람들의 손에 모든 것이 달려 있다는 것을 왜 모르시오."

이택수는 그들을 보며 미소를 짓고 말했다. 그리고 이리저리 시선을 돌려보다 Human—2050의 옆, 안쪽으로 몸을 숨기고 있는 이선우가 그의 눈에 들어왔다.

"저놈이…… 당장 내려가서 저놈을 잡아!"

이택수는 비서에게 소리쳤고, 비서는 곧 이택수의 전용 경호원들에게 이 내용을 알렸다.

'나를 본 모양이군.'

이선우는 상층 부분에서 경호원들이 정확하게 자신이 서 있는 곳을 쳐다보며 움직이기 시작했고, 그들의 움직임을 보며 홀로 말한 뒤, 주변을 둘러보았다.

몸을 숨길 만한 곳을 찾아서 움직이기 시작하자, 그의 움직임에 따라 이택수의 눈길도 함께 움직였다.

"내 일을 방해하지 마라. 오늘이면 모든 것이 끝나는데, 이제 와서 내 일을 방해하여 내 꿈을 무너뜨리지 마라."

이택수는 이선우를 노려보며 중얼거렸고, 곧 지하 7층으로 경호원들이 움직이는 모습도 그의 눈에 들어왔다.

"사장님, 시작하셔야 할 것 같습니다. 시간을 지체하면 저들에게 좋은 말을 들을 수 없습니다."

이택수가 이선우를 보는 데 시간을 낭비한 만큼, K—Soldier의 성능 테스트를 보기 위하여 모인 그들의 심기는 더 불편해지고 있는 상황이었다.

"이재훈 소령님 어떻게 보십니까? 이건 뭐. 이택수 사장의 돈에 손을 들어야 할지, 최철민 박사의 머리에 손을 들어야 할지 모르겠습니다."

이택수의 초청으로 자리에 앉긴 하였지만, 이들 또한 두 사람을 두고 갈등 중이었다.

이에 한 기업 총수가 국방부 관계자인 이재훈에게 물었다.

이재훈은 일주일 전 K—Soldier를 보기 위하여 와야 할 인물이었지만, 업무적인 일로 오지 못하였다. 그 순간 운이 좋게 이선우가 회사 앞에서 기웃거리다 이택수에 의해 회사 안으로 들어왔었다.

"우리 국방부야 누구의 소유라도 상관없습니다. 제대로 만들고, 또 가격만 잘 맞는다면 군이 누가 주인이 되어도 상관하지 않겠다는 국방부장관님의 뜻이 있었습니다."

이재훈은 기업 총수의 말에 웃으며 답하였다.

이재훈은 소령이라는 계급으로, 이 중대한 사안의 결정을 짓지는 못한다. 다만 이 모든 내용을 국방부장관에게 전해 주는 역할만 할 뿐이었다.

그리고 그에 대한 결정은 국방부장관이 직접 하며, 그의 뜻대로라면 누구의 소유가 되더라도 가격만 맞는다면 군이 상관하지 않겠다는 것이었다.

"오래 기다리게 해서 죄송합니다. 하지만 그에 따른 보상은 충분히 해 드릴 것이니 염려하지 마십시오."

곧 이택수가 그들의 앞으로 섰다. 그는 환하게 웃으며 참석한 귀빈들에게 인사하였고, 귀빈들은 그를 보며 어색한 미소를 보내주면서 박수를 쳐 주었다.

"이미 양산형 K—Soldier는 모두 보셨을 것입니다. 말 그대로 그 K—Soldier는 양산형입니다. 즉, 기계가 찍어 내는 또 다른 기계입니다. 하지만 그 가격이 무려 1조 원에 달하니, 다른 국가에서도 쉽게 구입을 요청하지 못하고 있습니다."

이택수는 이미 이들은 물론, 전 세계의 국방관련자들이 눈으로 본 기본적인 K—Soldier에 대한 말을 꺼냈다.

"우린 이 자리에 양산형 K—Soldier를 보러 온 것이 아닙니다. 초청장을 보니, 그들보다 더 뛰어나고 섬세한 K—Soldier가 있다는 말을 기록하셨던데……. 그들을 보여 줄 수 있습니까?"

이택수의 말이 끝난 후, 이재훈 소령이 바로 물었다. 그는 길게 늘어지는 사설을 들을 필요가 없었다. 자신의 임무만을 생각하며 새로운 K—Soldier의 성능만을 확인하면 되는 것이었다.

"물론입니다. 그래서 이렇게 자리해 주십사 부탁드린 것입니다."

이택수는 이재훈의 말에 답한 뒤 손을 들어 뒤를 돌아보았고, 곧 일곱 대의 K—Soldier가 포장되어 있었던 것과 같은 일곱 개의 K—Soldier가 기계장치에 실려 안으로 들어서고 있었다.

사람들의 시선은 박스를 향해 돌아갔다.

"이 안에 여러분께서 보고 싶어 하시던 K—Soldier 가 있습니다. 지금까지 보지 못했던 가장 위대한 기계를 보게 되실 것입니다."

이택수는 자신하였다. 그리고 일곱 개의 박스를 가리키며 말했다.

하지만 아직 이선우를 잡았다는 보고를 받지 않은 상태였기에, 그가 혹여나 문제를 일으킬 것 같은 느낌을 지울 수 없었다.

"먼저 첫 번째 K—Soldier입니다."

이택수는 머릿속에 다른 생각을 하면서, 첫 번째 상자를 개봉하였다.

"놀랍군."

첫 번째 상자가 개봉되자마자 사람들의 눈빛이 달라지고 있었고, 곧 한 기업 총수가 안경을 고쳐 쓰며 중얼거렸다.

"사람이 아닙니다. 이 역시 K—Soldier입니다. 하지만 정말 사람과도 같지 않습니까?"

"만져 봐도 되겠습니까?"

이택수의 말에, 이재훈이 손을 들어 물었다.

"조금만 기다리십시오. 일곱 대의 K—Soldier를 모두 공개해 드리고 난 뒤에, 여러분께서 직접 가까이 다가와 보실 수 있는 기회를 드리겠습니다."

이택수는 자신만만한 목소리로 표정으로 말하였고, 그 순간 사람들의 웅성거림은 끝이 없었다.

그 뒤로 한 개의 박스가 더 개봉되었고, 사람들의 표정은 놀라움을 금치 못하고 있는 표정들이었다.

"세 번째 박스에 있는 사람은 저의 친구이자, 오래전 국방의 의무 중 사망한 사람입니다. 그 사람을 생각하여 만든 것이니 봐 주시기 바랍니다."

이택수는 곧 자신의 친구를 본떠서 만든 K—Soldier 를 개봉하였고, 이재훈의 표정은 귀신을 본 듯한 표정을 하고 있었다.

"정말 똑같습니다. 어떻게 저렇게 만들 수 있는지 궁금하군요."

이재훈은 자리에서 일어서며 말했고, 사람들은 그를 보았다. 그가 인정할 정도로 많이 닮았다는 것은 그만큼 섬세하게 잘 만들었다는 뜻일 것이었다.

하지만 이재훈을 제외하고는 그를 잘 알지 못하니, 이재훈만큼의 실감은 나지 않았다.

"네 번째 박스는 아마도 여러분의 눈에 익은 사람일 것입니다."

이택수는 네 번째 박스를 개봉하였다.

"대체…… 어떻게 만든 것입니까?"

네 번째 박스에는 코리안 좀비로 불렸던 파이터가 있었다. 그의 모습을 모두 알고 있는 듯, 자리에서 벌떡 일어났다. 그리고 국무총리가 직접 물었다.

"과학의 힘이며, 자금의 힘이죠. 아직 놀라기는 이릅니다. 다섯 번째 박스를 개봉하겠습니다."

이택수는 국무총리의 말에 웃으며 답한 뒤, 다섯 번째 박스를 개봉하였다.

"최 박사?!"

다섯 번째 박스에는 최 박사의 모습과 너무나 똑같은 사람이 보였다. 정말 최 박사라고 해도 과언이 아닐 정도로 정교하며 똑같았다.

"최 박사의 노고에 감사하며, 그 사람의 형상을 뜬 K—Soldier입니다."

이택수는 그들에게 최 박사에 대한 존경심을 보인다는 것도 함께 내세우며 자신의 위대함도 함께 보이고 있는 중이었다.

이는 최 박사가 한 말과, 너무 다른 내용이기에 모두의 시선은 이택수에게 다시 향하였다.

최 박사는 이들에게 자신만의 위대함을 강조하였을 것이었다. 그래서 이들에게 힘을 얻고자 했을 것이었다. 하지만 이택수는 이 현장에서 최 박사의 노고에 감사한다는 말을 전하며, 이기심이 아닌 진정 과학자로서의 말을 내뱉는 중이었다.

하지만 이 모든 것이 다 그의 머릿속에서 이미 계산되어 나오는 말이었다.

"마지막 여섯 번째와 일곱 번째의 K—Soldier는 제가 가장 소중하게 다루는 K—Soldier인 만큼, 동시에 개봉하도록 하겠습니다."

이택수의 말에 사람들은 자리에서 일어섰다. 그가 가장 아끼는 것이라고 하니, 그만큼 잘 만들었을 것이라 여겼다.

"대체 어디로 도망간 거야?"

한편 이선우를 잡고자 움직였던 경호원들은 그의 모습을 도저히 찾을 수 없어 이리저리 눈동자만 바삐 움직이며 중얼거렸다.

"절대 테스트 장으로 그놈을 보내서는 안 된다. 테스트 장으로 통하는 모든 길목에 사람을 배치시키고, 사장님께서 지목한 사람들 외에는 절대 그 누구도 안으로 들어서도록 만들지 마라."

"알겠습니다."

주변을 모두 둘러보아도 결국 이선우를 찾지 못하자, 경호원 중 수장으로 보이는 사내가 나머지 경호원들에게 명령을 하달하였다.

"젠장……. 이택수가 무슨 꿍꿍이로 일곱 대의 K— Soldier만 따로 공개하는지를 알아야 하는데……."

이선우는 그들을 피해 이미 꽤 벗어나 버린 상황이었다. 궁금한 것도 있지만, 그들에게 잡히면 모든 것이 허사가 되기 때문이다. 탓에 우선 피하고 난 뒤, 다시 생각하고 있는 그였다.

이선우는 결국 지하 7층을 벗어났고, 다시 처음에 있었던 그 어두운 사무실 근처까지 왔다.

"아무도 없네."

복도에 지키는 사람들이 있었지만, 지금 현재는 아무도 없었다.

이선우는 천천히 사무실 앞으로 다가섰고, 손잡이를 잡아 돌리자 문이 열렸다.

다시 안으로 들어선 이선우는 여전히 혼자 덩그러니 놓여 있는 PC를 보았다.

"원격 조정."

그리고 생각났다. 그가 보았던 여러 개의 파일 중,

K—Soldier를 원격으로 작동할 수 있는 방법이 기록된 내용이 떠올랐다.

이선우는 급히 PC 앞에 앉아 다시 해당 파일을 더블 클릭하였다. 하지만 그전에 먼저 눈에 들어온 하나의 파일. 바로 '새폴더'였다.

다른 폴더는 모두 이름이 있었지만, 유독 이름을 짓지 않은 하나의 폴더가 이선우의 눈길을 잡았고, 그는 폴더를 더블 클릭하였다.

"K—Soldier의 설명서와 프로그램파일……."

'새폴더' 안에 있는 파일은 이미 이택수가 조금 전 보았던 파일이며, 그 파일을 따로 저장하지 않고 그대로 둔 채 자리를 벗어난 이택수였다.

이선우는 해당 파일을 열어 안을 보았다.

"이택수…… 아주 큰 야망을 품고 계셨군."

이선우는 파일 안에 기록된 내용들을 보며 놀란 눈을 한 채 중얼거렸다.

"그나저나 신기하군. 내가 어떻게 저 파일 속에 있는 K—Soldier의 명령어는 물론, 설계도면과 프로그램들을 모두 이해할 수 있는 것인지."

해당 파일은 자신이 모르는 단어들로 이루어져 있지만, 그 모든 것을 다 이해할 수 있는 것이 너무 신기하였다.

"우선 시간이 없으니, 영민이와 강지희 씨의 K—Soldier만 따로 작동하도록 변형시켜야겠다."

이선우는 일곱 대의 K—Soldier에게 입력된 명령어를 모두 열어 보며 말했다.

그리고 그 일곱 대의 K—Soldier에게 입력된 명령어는 이택수 경호가 일 순위였으며, 그 뒤로 이택수가 지목한 사람을 죽여야 하는 것이 두 번째였다.

만에 하나 이택수가 이 일곱 대의 K—Soldier를 이끌고 회사를 나간다면, 그 일곱 대를 막을 수 있는 기계는 이 세상에 존재하지 않게 되는 것이었다.

비록 양산형 K—Soldier가 있다고 하지만, 그들은 이택수의 K—Soldier에 비하면 정말 하급 기계 장치에 불과하다고 할 정도였다.

이선우는 생전 처음 보는 프로그램이자 명령어들이었지만, 이영민과 강지희의 프로그램을 변경시키기 시작하였다.

"이 친구도 해 둘까?"

두 대의 K—Soldier에 대한 명령어를 정말 일 분도 되지 않은 상황에서 모두 변경 처리한 그에게 또 하나의 K—Soldier가 보였다. 바로 코리안 좀비라 말하는 K—Soldier였다.

이 K—Soldier는 격투 기술을 그대로 익히고 있기에, 근접전에서 이를 막을 수 있는 K—Soldier는 존재하지 않을 것 같았다.

"그래, 너까지 함께하자."

이선우는 그 K—Soldier의 명령어도 변경하였다.

"정말 신기하군. 내가 조금 전에 했는데도 내가 어떻게 한 것인지 알 수가 없네. 지금은 아무것도 기억이 나질 않아."

이선우는 프로그램 변경 및 명령어 변경을 한 후, PC 앞에서 일어서며 다시 모니터를 보고 중얼거렸다.

"가 보자. 내가 제대로 명령어를 입력했다면, 내가 죽을 일은 없겠지."

이선우는 자신이 변경한 모든 것에 자신하며 다시 사무실을 나섰고, 곧 그가 사무실을 나오자마자 경호원들이 그를 보았다.

"잡아!"

한 경호원이 소리치자, 그를 향해 우르르 달려들었다.

퍽퍽퍽퍽!

하지만 이선우는 이미 범접할 수 없는 힘을 가진 상태였다. 입사할 때 시행했던 1초 같은 30분간의 교육이 이선우를 초인처럼 만들어 놓았기에, 그저 평범한 사람의 힘으로는 그를 당해 내지 못하였다.

"내가 당신들이 무서워서 도망 다닌 것은 아닙니다. 단지 시끄럽게 만들면 내가 알아내고자 한 것을 알아낼 수 없기에 도망 다닌 것입니다. 하지만 이제 그럴 필요가 없으니, 당신들을 만나도 내가 먼저 치겠습니다."

이선우는 이미 기절해 있는 네 명의 경호원들을 고루 보며 말한 뒤, 그 길로 곧장 지하 7층을 향해 움직였다.

지이이잉.

한편. 지하 7층에서는 여섯 번째와 일곱 번째의 K—Soldier가 공개되고 있었고, 사람들의 시선은 절대 다른 곳을 향해 돌아가지 않고 있었다.

"소개합니다. 나의 히든 K—Soldier인 강지희와 이영민입니다."

"……!"

이택수가 직접 두 대의 K—Soldier를 소개하였고, 그의 입에서 나온 말에 의해 참석한 모두가 놀란 눈을 집중하여 두 대의 K—Soldier를 뚫어지게 보았다.

"저…… 정말 이영민 박사잖아."

강지희에 대해서는 아는 사람이 그리 많지 않았다. 하지만 이영민에 대해서는 이미 모두의 눈에 익숙해져 있는 상황이었다. 비록 5년 동안 그가 어디에 있는지 관심조차 가지지 않았던 사람들이었지만, 그를 5년 만에 다시 보는 듯한 느낌으로 K—Soldier를 보고 있었다.

"이제 내려오셔서 직접 손으로 만져 보시고, 대화도 시도해 보십시오. 작동을 시켜 놓도록 하겠습니다."

후다다닥.

이택수의 한 마디에 지금까지 앉아서 구경만 하고 있던 그들이 서둘러 일어섰고, 너 나 할 것 없이 앞다퉈 K—Soldier를 보고자 내려갔다.

"정말 놀랍습니다. 체온만 없다 뿐이지, 사람이라고 해도 될 정도로 섬세하군요."

모두의 공통된 생각들이었다. 머리카락은 물론, 솜털까지도 완벽하게 재현해 놓은 K—Soldier는 모두의 눈을 잡아 두고 있었다.

"아름답습니다. 이토록 아름다운 K—Soldier를 만드시다니, 놀랍군요."

곧 그들의 시선은 강지희에게 멈추었다. 모두가 사내들이라, 여인의 모습을 한 K—Soldier를 보며 군침을 흘리는 것도 같았다.

"엄연한 불법인데도 모두가 한통속처럼 보이는군요!"

"……!"

정말 눈을 떼지 않고 강지희의 얼굴과 살결을 만져 보던 그들의 앞으로 이선우의 큰 목청이 들려왔고, 모두가 놀란 눈으로 그를 향해 보았다.

"누군가? 누군데 우리에게 그런 말을 함부로……."

"보아하니 나라에서 한자리씩 차지하고 앉은 양반들 같은데, 제대로 좀 합시다. 어떻게 된 것이 30년 전이나 지금이나 그 자리에 앉은 인간들은 변한 것이 없습니까?"

"뭐야?!"

이선우의 말에 국무총리가 자리에서 일어서며 소리쳤다.

"사실 내가 지금 여기에 앉은 사람들이 누군지는 잘 모릅니다. 하지만 듣자 하니, 국방부 관계자에 국무총리 및 국회의원 일부, 그리고 기업 총수들……. 그런 분들이 이런 엄청난 기계들을 앞에 두고 무슨 생각들을 하십니까?"

이선우는 조금씩 더 앞으로 나서며 말했고, 곧 그의 모습이 보이자, 이택수의 표정은 더욱더 굳어지고 있었다.

"결국…… 일을 방해하고자 나타난 것인가?"

이택수가 그를 노려보며 말한 뒤, 곧 작은 스위치 같

은 것이 보이는 기계를 들어 올리고 있었다.

"이 사람들은 원래 그런 사람들이다. 자신에게 이익이 없으면 이런 시간을 내어 이곳까지 올 양반들이 아니지."

"뭐요? 이보시오! 이택수 사장! 우리가 당신을 위해……."

"시끄럽습니다! 나를 위해? 나를 위해 무엇을 한다는 말입니까? 그 말은 똑바로 합시다. 나를 위해서가 아니라, 당신들의 주머니를 위해서 이 자리에 참석한 것 아닙니까?"

이택수는 조금 전과는 완전히 다른 어투로 그들을 노려보며 말했다.

"이미 저놈 때문에 내 계획은 다른 길을 택해서 돌아설 수밖에 없으니, 굳이 당신들에게 머리 숙여 가며 '네 네…….' 라고 할 필요 없지 않겠습니까?"

이택수는 이선우를 보며 말한 뒤, 다시 귀빈들을 보며 말했다.

"이택수 사장, 당신 아버지와의 인연으로 내가 참석하기는 하였지만……."

"젠장! 그럼 아버지에게나 가시지 여길 왜 왔습니까? 지금이라도 늦지 않았으니 아버지에게……. 아…… 아닙니다. 늦었군요. 난 이미 이 자리에 참석한 모두에게 나

아빠는
신입
사원

의 K—Soldier를 보여 드린다고 약속했고, 그 성능을 지금부터 테스트 할 텐데……. 이놈들이 좀 난폭해서 말입니다."

이택수는 국무총리의 말을 자르고, 그를 향해 소리쳤다. 하지만 이내 어투를 바꾼 뒤, 손에 쥐고 있던 스위치를 꾹 누르며 말했다.

지이이잉.

K—Soldier가 일제히 움직이기 시작하였다. 이에 사람들은 우왕좌왕하며 그곳을 벗어나려 하였지만, 이미 지하 7층에서 외부로 통할 수 있는 모든 길목은 문이 굳게 닫혀 있었다.

통유리 안으로 이택수의 경호원들이 서 있었지만, 그들을 보며 문을 열어 주지는 않았다.

"이지민……. 넌 너무나 많은 것을 들었고, 또 너무나 많은 것을 봐 왔어. 그런데도 나를 돕기는커녕, 나의 일을 방해해?"

이택수는 이선우를 향해 말한 뒤, 곧 자신의 뒤에 서 있는 K—Soldier 중, 첫 번째 박스에서 개봉된 군인을 향해 손을 까닥거렸다.

그러자 해당 K—Soldier는 위로 뛰어오른 뒤, 단번에 이택수의 바로 옆에 착지하여 섰고, 이선우를 향해 노려보고 있었다.

그 안에 있던 사람들은 조금 전에 움직인 K—Soldier의 모습을 보며 놀란 눈을 감추지 못하고 있었다.

움직임만으로 본다면 정말 사람과 일치할 정도로 정교하다 말할 수 있었다. 다만 기계다 보니 그 무게로 인하여 땅이 움푹 파이는 것은 어쩔 수 없는 상황이었다.

"저놈의 목을 가져와라."

이택수는 이선우를 보며 미소를 지은 채 말했고, 곧 손등에 제1번이라 쓰여 있는 K—Soldier가 이선우를 노려보며 그의 앞으로 움직이기 시작하였다.

"나머지는 저 머저리 같은 놈들에게 각서를 받아!"

제1번 K—Soldier를 제외하고는 나머지 여섯 대에게 귀빈들을 공격할 것을 명령 내렸다.

"그렇게 쉽게 되지 않을 것이다."

이선우는 자신 앞에 자신보다 더 큰 K—Soldier가 총구를 머리에 겨냥한 채 서 있지만, 전혀 떨리지 않은 음성으로 이택수를 보며 말했다.

"미친 놈……. 곧 죽을 놈이 무슨 소리를 하는 건지……. 죽여."

이택수는 완전히 돌변한 상황이었다. 어제까지만 하더

라도 최 박사에게 모든 것을 뺏기고, 또 이선우와 강지희를 상대하는 것도 힘들어 하였다.

하지만 지금은 완전 다른 사람처럼, 자신이 모든 것을 다 장악할 수 있다는 것을 서슴지 않고 보이려는 듯하였다.

"이 사장! 대체 무슨 짓을 하는 것입니까! 대체 우리에게 왜 이런 기계덩어리들을⋯⋯."

"조용히 하십시오. 마음 같아서는 그냥 다 엎어 버리고 싶은 심정이지만, 내가 쏟아부은 돈이 워낙 많아서 참고 있는 중입니다."

이택수는 국무총리의 말이 다 끝나기 전, 그를 노려보며 말했다. 곧 그들의 앞으로 K—Soldier들이 서서히 다가서기 시작하였다.

"사장님. 세 대가 이상합니다."

이택수는 이미 모든 K—Soldier에게 명령어를 입력해 두었고, 그 어떤 누군가 임의적으로 작동시켜도 자신의 명령만을 이행하도록 만들어 두었다.

하지만 비서의 말을 듣고, 그는 코리안 좀비와 강지희, 그리고 이영민을 본떠서 만든 K—Soldier를 보았다.

"저놈들 왜 저러고 있는 건가?"

"그것이 저희들도 모르는 일입니다. 사장님께서 이미

프로그램을 모두 입력해 두었다고 하시기에……."

"확인해라. 나 외에 그 누구도 만지지 않았다면 지금 저 세 대의 K—Soldier도 내 명령에 따라야 한다. 그런데……."

"세상 모든 것은 마음대로 되는 것이 아니다."

"……!!"

이택수는 가만히 서 있는 세 대의 K—Soldier를 보며 말하였다. 하지만 그의 말이 끝나기 전, 이선우가 자신 앞에 선 1번 K—Soldier를 노려본 뒤 이택수를 향해 말했다.

"무슨 짓을 한 것인가?"

이택수는 이선우가 자신의 K—Soldier에 다른 명령어를 입력했을 것이라고는 생각지 않았다.

하지만 하필이면 자신이 아끼는 K—Soldier에 다른 명령어를 입력했을 것이라는 생각에 인상이 구겨지고 있었다.

"사무실…… 그 어둠 속에 네놈이 있었구나."

이택수는 사무실에서 누군가 있다는 것을 느꼈지만, 눈으로 볼 수 없었던 상황이었다.

그리고 지금 그 사무실에 자신 외에 또 다른 누군가가 있었다는 것을 확신하였고, 그가 이선우였다는 것을 알게 되었다.

"K—Soldier를 잡고, 사람들을 구해!"

이택수의 명령을 들은 네 대의 K—Soldier가 이선우는 물론 귀빈들까지 공격하고 있을 때, 이선우는 자신이 직접 프로그램을 입력한 세 대의 K—Soldier에게 자신의 명령을 하달하였다.

그리고 세 대 중 가장 먼저 움직인 K—Soldier는 코리안 좀비였다. 그의 움직임은 정말 그 시대의 파이터를 보는 듯 빠르고 정교하게 움직여, 이택수의 명령을 이행하고 있는 K—Soldier를 단번에 쓸모없는 고철로 만들어 버리고 있었다.

"안 돼! 그 기계에 들어간 돈이 얼마인데!"

이택수는 코리안 좀비에 의해 단번에 박살 나는 자신의 K—Soldier를 보며, 놀란 눈을 한 채 떨리는 목소리로 소리쳤다.

하지만 이선우의 명령을 이행하는 코리안 좀비는 물론, 강지희와 이영민을 빼닮은 K—Soldier도 나머지를 모조리 제거하고 있었다.

"당신은 두 번 다시 K—Soldier를 생산할 수 없을 것이며, 이에 대한 그 어떤 소유권도 내세울 수 없을 것입니다."

이선우는 이택수의 앞으로 다가섰다. 이미 이선우가 따로 명령어를 입력했던 세 대의 K—Soldier가 이택수의 K—Soldier를 모두 무력화시킨 후였다.

"너…… 넌 대체 누구냐? 누군데 나의 일을……."

"내가 누군지는 중요하지 않습니다. 단지 당신과 최 박사가 이 모든 프로젝트를 나라와 국민을 위해서 진행했다면, 지금과 같은, 또 다가올 미래와 같은 일은 만들지 않았을 것입니다."

이선우는 이택수를 노려보며 말했다. 이택수의 K—Soldier가 죽이려 했던 귀빈들은 이선우로 하여금 다행히 목숨을 건졌고, 그들은 이선우를 보고 한쪽으로 자리하여 비켜서 있었다.

"누군지는 모르나, 정말 고맙습니다. 이와 같은 일은……."

"당신들에게 고맙다는 말을 듣고자 한 일은 아니니, 나에게 고맙다는 말은 하지 마십시오. 그리고 난! 당신들 같은 사람들과 그리 친분을 만들고 싶은 사람이 아니니, 이 시간 이후로 나에게 그 가식적인 미소를 보이며 다가설 필요도 없습니다."

참석한 모든 귀빈들은 자신의 목숨을 구해 준 이선우에게 뭔가 감사의 뜻도 전하며, 또 자신들의 곁에 두고자 하는 마음이 있었다. 하지만 이선우는 미리 그들의 모든 마음을 다 잘라 버렸다.

"이제 말해 주십시오. 이영민, 어디에 있습니까?"

이선우는 이것이 가장 중요하고 궁금하였다. 이택수가 이 모든 것에 소유권을 가지든 말든, 그것에 대한 관심은 없었다. 단지 그가 이영민에 대한 것을 알고 있다고 하기에 그것만이라도 알아내고 싶은 그였다.

"하하하! 결국은 또 이영민이었군. 대체 당신과 이영민의 관계가 무엇입니까? 그냥 이영민의 형인 이지민과 동명이인이라는 이유로 뭔가 돕고자 하는 마음이 있어 그런 것입니까?"

이택수는 이미 자신의 명령을 이행해야 할 K—Soldier가 모두 무능력해진 상황이었다. 하지만 이선우의 말을 들은 후, 그는 큰 소리를 내며 웃었다.

"이영민은…… 나보다 최 박사에게 물어보라니까. 그 노인네가 이영민에 관한 것을 너무나 잘 기억하고 있을 것이고, 그를 어떻게 처리했는지도 잘 알고 있을 테니까."

"……!!"

이선우는 그의 마지막 말에 처리라는 단어가 나오자, 놀란 눈동자를 바르르 떨며 그의 앞으로 다가선 후, 그의 멱살을 잡았다.

"이택수! 만에 하나 영민이에게 무슨 일이라도 있다
면. 넌 오늘을 넘기지 못할 것이다."

이택수는 그의 눈을 보았다. 정말 악에 바치고, 진심
이 묻어나 있는 눈동자로 보였다.

"그에게…… 무슨 일이 있다면, 그건 나와 상관없는
일이다. 난 이미 5년 전에 그에 대한 모든 것에서 손을
뗐다. 내가 한 일이라고는 이영민과 술 한 잔 마시는 것
이 전부였다."

이택수는 과거를 짚어 보는 듯, 잠시 눈을 감은 후 말
하였다. 곧 다시 눈을 뜨며, 이선우를 보고 말을 이었다.

"이영민에 관한 것은 정말 내가 아닌, 최 박사에게 물
어봐야 할 것이다."

이택수는 그의 눈을 똑바로 보며 말했다. 이선우는 자
신의 눈을 보고 말하는 그를 보며 그의 말에 진심이 있다
는 것을 알게 되었다.

"당신의 야망은 이 순간 끝나는 것입니다. 하지만 걱
정하지 마십시오, 당신이 놓친 K—Soldier의 소유권,
최 박사라고 그 소유권을 쉽게 가져갈 수는 없을 것입니
다."

이선우는 자신을 똑바로 보고 있는 이택수의 눈을 보

며 답하였고, 곧 세 대의 K—Soldier를 보며 그들에게 자신의 뜻을 전달하였다.

이 역시 이미 입력된 프로그램에 이선우의 뜻을 담은 것뿐이었다.

이선우의 명령을 받은 세 대의 K—Soldier는 지하 7층에서 마지막 테스트를 보기 위하여 자리한 귀빈들을 다시 지상으로 올려 보내고, 이 모든 사실을 외부로 알릴 수 있도록, 길을 안내하였다.

이택수는 자신의 모든 것을 한순간에 모두 잃어버린 듯한 기분이었다.

자신이 오랫동안 준비하였고, 언제나 자신보다 더 각광받던 이영민을 누르기 위하여 따로 준비하였던 K—Soldier였다.

하지만 지금은 그 K—Soldier가 오히려 자신의 목을 조여 오고 있는 상황이 되어 버렸다.

"대체 무슨 짓을 해 놓은 것이냐? 이건 나의 K—Soldier다. 네놈의 명령을 받아들일 리가 없어!"

이택수는 그를 향해 버럭 소리쳤다. 하지만 이선우는 자신의 옆으로 다가서는 세 대의 K—Soldier와 함께 나란히 서며 이택수를 향해 보았다.

"당신이 이 K—Soldier들의 정당한 소유를 원한다면, 정정당당하게 최 박사와 겨뤄 보십시오. 당신이 그토록 자신의 것이라 말하고 있다면 충분히 자신 있지 않습니까?"

이선우는 자신을 노려보는 그를 보며 말하였고, 곧 승강기를 향해 움직였다.

"어디를 가는 것인가? 절대…… 절대 나의 K—Soldier를 데리고 갈 수 없다! 넌! 누구야! 누구야 대체!"

이택수는 이선우를 향해 고래고래 소리치면서도 그의 옆에 붙은 자신의 K—Soldier로 인하여 곁으로 다가서지 못하고 있었다.

이미 이선우의 곁에 붙은 K—Soldier는 자신의 명령권 밖으로 나가 이선우의 명령만을 이행하는 것을 알기에, 곁으로 다가설 수 없었다.

"난 당신에게서 K—Soldier를 뺏기 위하여 온 것이 아닙니다. 내가 이곳에 온 이유가 있습니다. 우연히 이곳으로 들어온 것이 아니라, 이곳으로 들어와야 하는 이유가 있었습니다."

이택수는 그의 말을 듣고, 지난 일주일 전을 떠올렸다.

"그럼…… 모든 것이 다 당신의 계획이었나?"

"아니요. 나의 계획은 없었습니다. 난 그저 회사 앞에

서 있었을 뿐이며, 나를 데리고 들어온 사람은 당신입니다."

이택수는 그 순간을 잘 기억하고 있었다. 하지만 그 순간의 선택이 지금 전부를 다 망쳐 버린 것이라 여기고 있었다.

"나에게서 K—Soldier를 뺏으려 하는 것이 아니라면 지금 당장 이곳을 떠나!"

"네, 떠날 것입니다. 두 번 다시 이곳으로 오지도 않을 것입니다. 그러니…… 내가 하고자 하는 일을 돕는 것이, 당신의 눈에서 나를 빨리 떠나도록 하는 것입니다."

이선우는 이택수를 보며 말했다. 만에 하나 그가 자신을 돕고자 움직인다면, 적어도 이택수가 마음을 달리 먹고 오작동을 일으키게 할 것은 아니니 문제를 발생시킬 사람이 더 줄어드는 것이었다.

"당신이…… 하고자 한 일이 무엇입니까?"

이택수는 그의 제안을 받아들였다. 무엇보다 자신의 눈앞에서 그냥 사라진다는 말을 들었으니, 그를 도와 한시라도 빨리 보내려는 그였다.

"이 도시를 통째로 다 날려 버릴 수 있는 대규모 폭발이 일어날 만한 곳이 회사 내부에 있습니까?"

답을 얻기 위한 가장 빠른 질문이었다. 하지만 듣는 사람의 입장에서는 두려움이 함께 올 수도 있는 문제였다.

"그건 왜?"

"내가 폭발시키려는 것이 아니니 염려하지 마십시오. 다만 그런 문제가 일어나지 않도록 하기 위함이니, 혹시나 그 정도의 폭발력을 가진 곳이 있다면 알려 주십시오."

이택수는 그를 빤히 보았다. 그의 말처럼 그 정도의 폭발을 일으킬 만한 곳을 알고 있다는 표정이었다.

"그건…… 아무도 모르는 일입니다. 그런데 어떻게 알고 있습니까?"

"무슨 말입니까?"

이택수의 말은 이선우가 바로 이해하지 못하였다. 그래서 다시 물었고, 이택수는 그를 보았다.

"딱 한 곳이 있습니다. 이 도시를 모두 날려 버리고, 이곳 일대는 물론 주변 도시까지 방사능이 번져 사람이 살 수 없는 곳으로 만들 수 있는 곳이 있습니다."

"……!"

이선우가 찾는 곳이라 단정할 수 있었다. 그는 놀란 눈을 하며 다시 그의 앞으로 다가섰고, 그의 눈을 똑바로 보며 섰다.

"그곳이 어디입니까?"

이선우의 눈빛과 그의 어투에 이택수가 잠시 당황한 표정을 지었다.

"따라오시오. 그곳은 나만 갈 수 있는 곳이며, 이미 당신도 한 번 가 본 곳입니다."

"내가 가 본 곳?"

이 선우는 그의 말을 듣고, 자신이 들렀던 곳을 떠올려 보았다. 하지만 마땅히 그 정도의 시설이 있는 곳은 없었다.

"대체 이런 곳은 언제 다 만들어 두었는지 모르겠군."

같은 시각.

노인 선우와 강지희는 이택수가 분명 이 회사 어딘가에 이영민을 숨기고 있을 것이라 여기며 회사 안을 다 돌아보고 있었다.

다행히 노인 선우가 경비원으로 등록되어 있기에, 그의 사원증으로 웬만한 곳은 다 문을 열고 들어설 수 있었다.

"영민 씨를 5년 동안이나 감금해 두려면 모든 시설이 잘되어 있는 곳이어야 할 것입니다."

강지희도 이영민이 있을 만한 곳을 생각하며 이동하고 있지만, 마땅히 떠오르는 곳이 없었다.

그리고 이 두 사람은 이영민에 관한 것이 최 박사가 아닌 이택수가 중점이 되어 벌인 일이라 여기고 있었다.

"박사님. 조금 전 이택수 사장이 지하 7층에서 행하려고 했던 K—Soldier 테스트에서 무슨 일이 있었는지, 귀빈들이 황급히 지상으로 올라서고 있습니다."

한편. 최철민은 이택수가 귀빈들을 먼저 만나는 것에 마음이 불안했지만, 이내 한 과학자의 말을 듣고, 창밖을 보았다.

"이택수가 뭔가 미친 짓을 한 모양이군. 무슨 일인지 확인해 보거라."

"네."

귀빈들은 지상으로 올라와 회사 앞마당에 서서, 주변을 둘러보며 안도의 한숨을 쉬고 있었다.

최철민은 다른 과학자에게 명령을 내린 뒤, 그들이 모인 곳으로 움직였다.

"테스트는 잘 보셨습니까?"

최철민은 그들의 표정만으로 뭔가 일이 틀어진 것을 알면서도 모르는 척 그들에게 물었다.

"대체 이택수 사장은 무슨 생각을 하고 있는 것입니까? 어디서 그런 괴물 같은 K—Soldier를 데리고 나와서 우리를 협박하려 한 것입니까?"

"협박요? 허허…… 어떻게 여러분께 협박을 할 수 있습니까? 그리고 K—Soldier는 누군가를 협박하는 프로그램이 없습니다. 그러니……."

"다른 K—Soldier였습니다. 정교하고 섬세하며, 마치 사람과 너무나 같았습니다. 참! 그리고 보니 그가 보인 K—Soldier 중 최 박사와 외모가 너무나 흡사한 한 대도 있었습니다."

"……!"

최철민은 국무총리의 말을 들은 후, 놀란 눈을 한 채 그를 보았다.

"나와…… 같은 외모를 지닌 K—Soldier라 하셨습니까?"

그는 매서운 눈빛을 한 채, 그에게 다시 물었다.

"최 박사뿐만 아닙니다. 이영민 박사는 물론, 30년 전쯤, 격투기 시장에서 각광받던 사람도 있었습니다."

이어 한 기업인이 촐랑거리며 말했고, 최철민의 눈빛이 매섭게 변했다.

"이택수…… 네놈이 따로 K—Soldier를 만든 모양이군. 나와 대적하기 위함이었나? 아니면 그런 기계덩어리로 다른 생각을 하고 있는 것인가?"

최철민은 홀로 중얼거렸다. 그리고 시선을 돌려 이들이 있었던 곳을 보았다.

그곳은 어제 자신이 내부를 확인하였던 창고 같은 연구실이었다.

하지만 그는 아직도 그 연구실이 위, 아래로 뒤집힌다는 것을 알지 못하고 있었다.

"일단 이쪽으로 오셔서 놀란 가슴을 진정시키십시오."

최철민은 이들을 데리고 자신의 연구실 옆, 휴게실로 향하였다. 그들에게 커피도 주었고, 간단한 다과도 내주면서 그들의 마음을 조금씩 자신의 곁으로 이동시키고 있었다.

"이택수가 어디에 있는지 찾아라. 그리고 이지민인지, 이영수인지 알 수 없는 그놈도 찾고, 강지희와 이선우도 찾아라. 그놈들만 잘 막는다면 오늘, 이 휴먼테크놀로지는 내 손에 들어오게 된다."

최철민은 귀빈들을 휴게실에 모아 놓은 뒤 다시 사무실로 돌아왔고, 곧 몇 과학자들에게 그들이 할 일을 알려주었다.

최철민에게 명령을 받는 이들은 정말 과학자인지, 아

니면 최철민이 어떤 목적으로 고용한 이들인지 알 수 없는 인물들이었다.

"이곳은……."

같은 시각. 이택수는 이선우를 데리고 창고 같은 곳으로 들어섰다. 그리고 이곳을 본 적이 있는 이선우가 주변을 두리번거리며 말했다.

"네. 이곳은 내가 당신을 처음 본 그때, 내가 처음으로 공개했던 그 로봇이 있는 장소입니다."

이선우는 생각이 나고 있었다. 그저 사각기둥처럼 생긴 고철덩어리였지만, 이택수는 그것이 로봇이라 하였다.

"이쪽으로 오십시오."

이택수는 의외로 이선우에게 친절한 어투로 말하고 있었다. 이미 몇 차례 이와 같은 일이 있었지만, 그때마다 이택수의 진짜 마음을 알 수 없었던 이선우였다.

두 사람은 지난번처럼 그 자리에 그대로 섰다. 여전히 어두운 조명이었지만, 이선우는 지난번과 달리 주변이 잘 보이고 있었다.

"이제 잘 보이시나 봅니다. 처음에는 아무것도 보이지 않는다고 계속 말하더니, 오늘은 정확하게 나의 로봇이 어디에 있는지 눈으로 보고 있는 것 같습니다."

이택수는 이선우를 보며 말했다. 어둠의 정도로 따지

면 지난번과 다를 것이 없지만, 분명 이선우는 주변이 너무나 선명하게 잘 보이고 있었고, 또 사각기둥의 로봇도 자신 앞에 서 있다는 것을 바로 알 수 있었다.

"이 로봇의 이름은 Human—2050A입니다. 지금까지 있었던 Human—2050의 업그레이드 버전으로, 나의 K—Soldier를 만든 진정한 숨은 인재라 할 수 있습니다."

이택수의 말이 끝나자, 주변이 서서히 밝아지기 시작하였다. 그리고 일주일 전에 보았던 그 사각기둥 모형의 쇳덩어리가 이선우의 눈앞에 선명하게 보이고 있었다.

"이 기계가 어떻게 K—Soldier를 만든다는 말입니까? 손은커녕 어떤 외부적으로 힘을 가할 만한 것이 전혀 없지 않습니까?"

아무리 사방을 둘러보아도, 사각기둥이었다. 그 외에 어떤 것도 설명할 수 없는 쇳덩어리였다.

"이 Human—2050A는 완전체입니다. 이 안에 주요 부품들을 각 자리에 배치하면, 알아서 모든 K—Soldier를 조립합니다. 그리고 난 단 하나만 하면 됩니다."

이선우는 놀란 눈으로 사각 기둥을 보았다. 자신이 지금 살고 있는 시대의 생산 공정은 꽤 복잡하였다.

하지만 지금 자신 앞에 있는 이 쇳덩어리는 그 모든 공정을 한 곳에 다 집결시켜 놓고, 자신이 스스로 조립을 하여 완전체를 내보낸다고 한다. 놀라지 않을 수 없었다.

"당신이 할 일이라는 것은……."

"프로그램 입력입니다. 내가 만든 K—Soldier가 해야 할 일들. 난 그 일들을 이들에게 주입하는 것만 하면 됩니다. 그런데…… 용케도 당신은 내가 주입한 프로그램을 변경시켰습니다. 어떻게 한 것입니까?"

이택수는 Human—2050A를 보며 말하다, 곧 지하 7층에서 자신의 명령을 거부하고 이선우의 명령을 따랐던 세 대의 K—Soldier를 생각하며 물었다.

"지금 이 사무실 앞에 서 있는 저 세 대의 K—Soldier는 이제 당신의 것이 아닙니다. 그리고 당신의 말처럼 난 저 세 대만 프로그램을 강제로 나의 프로그램으로 변경시켰습니다."

"그러니까 어떤 방법을 사용한 것입니까? 내 패스워드가 없으면 저 로봇들의 프로그램을 절대 변경시킬 수 없습니다."

이택수는 조금 전까지 이선우에게 호의적으로 말하는가 싶더니, 이제 또다시 점점 바뀌는 듯한 분위기였다.

이는 이선우가 이미 일주일째 보는 이택수를 충분히

꿰뚫어 본 탓이었다.

그는 때에 따라 성격을 너무나 많게 변형시키는 다중인격자에 가깝다고 할 수 있는 인물이었다.

"그건…… 나도 모릅니다. 내가 어떻게 해서 저들의 명령어를 변경하였는지는 알 수 없습니다."

이선우는 자신에게 특별한 능력이 있다는 것을 알고 있다. 하지만 이택수에게 그런 말을 해 봐야 믿을 수 없을 것이며, 자신도 그와 똑같이 정신이상자가 될 것이 빤하였다.

"뭐. 당신이 그렇게 말하니 내가 다른 말은 하지 않겠습니다. 그런데 한 가지는 내가 확실히 알고 있습니다."

이택수는 프로그램의 변경에 대해서는 달리 말하지 않았다. 그리고 다시 이선우를 향해 보며 조금은 날카로운 시선으로 말했다.

"나에게 이 도시를 모두 날려 버릴 폭발을 일으킬 만한 물건이 있는지를 물었습니다. 그 이유가 정확하게 무엇입니까?"

이택수는 처음부터 궁금하였다. 그 어떤 누구도 그 정도의 폭발을 가진 물체가 이곳에 있다는 것을 알지 못한다.

심지어 함께 K—Soldier를 만들었던 최철민도 이에 대해서는 알지 못하고 있었다.

"그냥 물어본 것입니다."

"그냥이라……. 난 지금까지 당신이 원하는 답을 다 주었습니다. 그런데 왜 당신은 나에게 아무런 답을 주지 않습니까?"

이택수는 이선우의 말을 믿지 않았다. 그를 뚫어지게 보면서, 조금 더 날카로운 눈빛을 한 채 물었다.

"쉽게 생각해도 이상하다는 것은 바로 알 수 있습니다. 만에 하나, 당신의 말처럼 이 도시를 모두 날려 버릴 물건이 여기에 있다는 것을 누군가 안다면, 그 허가를 내주겠습니까? 이 도시에 사는 사람들이 죽음을 무릅쓰고 허가를 해 주겠습니까?"

이택수는 자신 앞에 놓인 Human—2050A에게로 다시 시선을 돌리며 말했다.

그의 말 대로였다. 그런 위험물질이 있다는 것을 알면 시에서는 절대 해당물품을 보관할 수 있는 허가해 주지 않을 것이었다.

"도시를 날려 버릴 물건에 대한 허가는 내주지 않는데, 그에 준하면 몇 배, 몇 백 배, 몇 천 배의 위험 요소를 가지고 있는 방사능은 보유하도록 허락한다? 이래저래 어패가 있지 않습니까?"

이선우도 만만치 않았다. 그의 말처럼 폭발물도 위험하지만, 방사능은 더욱더 위험한 물질이었다. 그런 물질을 다루는 곳에서 하나의 도시를 날려 버릴 폭발 시설은 그리 위험하다 말할 수 없을 정도였다.

"이 Human—2050A가 터지면 이 도시가 날아갑니까?"

"네. 도시가 날아가는 정도가 아니라, 이 녀석이 품고 있는 방사능이 유출됩니다. 그 방사능은 앞으로 이 도시에 2백 년 이상은 아무도 살지 못하도록 할 것입니다."

이선우는 이택수의 말을 들은 후, Human—2050A를 다시 보았다. 크기로 따지면 눈에 보이는 크기만 약 높이 4미터 정도 되어 보였다.

아래로 얼마나 더 숨겨져 있는지는 모르지만, 이놈이 터지면서 미래의 일이 일어날 것이라는 확신은 섰다.

'이놈만 잘 관리한다면 지금의 사람들은 미래에서 일어난 그 일을 겪지 않겠군.'

이선우는 Human—2050A를 보며 홀로 생각하였다.

"하지만 이놈이 터진다는 것은 있을 수 없는 일입니다. 이놈은 자신 스스로 모든 것에 대한 위험 요소를 사전에 확인하고, 위험하다 싶다면 스스로 전원을 내립니다. 또한 자신의 몸 사방으로 일종의 방어구 같은 것을 형성하여, 자신의 폭발이 더 넓게 번져 나가지 않도록 설계되어 있습니다."

이택수는 Human—2050A의 성능 중 일부를 그에게 말해 주었다.

이선우는 미래에서 일어난 폭발이 이 녀석이 맞지만, 또 한편으로는 이택수가 한 말대로라면, Human—2050A는 폭발해도 그 여파가 이곳에 한정될 것이라는 그의 말이었다.

"이놈은 터져도 외부의 충격은 없다는 말입니까?"

"네, 없습니다."

"그럼. 혹시 이놈 말고 또 다른 놈이 있습니까? 이 도시를 모두 날려 버릴 엄청난 놈, 말입니다."

"없습니다. 모두 방사능을 품고 있긴 하지만, 그 정도의 폭발을 일으킬 만한 놈은 이놈밖에 없습니다."

이택수는 Human—2050A를 손으로 어루만지며 말했다. 그리고 그의 어투는 또다시 고분고분한 어투로 돌아와 있었다.

이선우는 머리가 복잡해지고 있었다. 지금 자신 앞에 있는 Human—2050A의 폭발만 막으면 된다고 여겼다. 하지만 혹시 그 폭발은 이놈이 아니라, 다른 쪽에서 일어날 수도 있다는 생각이 들었다.

"다만…… 이놈의 모든 제어 장치를 풀어 버리고 폭발을 시킨다면…… 그 여파는 이 도시를 넘어 인근도시까지 가게 됩니다."

"……!"

이어지는 이택수의 말에 놀란 눈으로 그를 보았다. 그냥 일어나는 폭발이 아닌, 누군가의 조작에 의해 일어나는 폭발이라는 단서가 확실하게 나온 것과 같기 때문이었다.

Human—2050A의 방어 체계를 무너뜨리고 난 뒤에 이어지는 폭발이니, 누군가의 손에 의해 Human—2050A의 방어시스템에 무너지면서 폭발하게 된다는 것이었다.

"이 녀석의 프로그램 제어는 어디서 하는 것입니까?"

이선우가 그를 보며 물었다.

"당신이 강지희와 함께 갔던 곳, 그곳에서 이 녀석의 프로그램을 제어하게 됩니다."

이택수의 말을 들은 후, 강지희와 함께 간 곳을 떠올려 보았다.

"당신의 K—Soldier가 있던 그 창고의 PC입니까?"

제어 능력을 가진 장치를 둔 곳이라면 그곳밖에 생각

나지 않았다.

"아니요. 그곳은 내가 만든 일곱 대의 K—Soldier 만 제어할 수 있는 PC가 있을 뿐입니다."

"그럼 어디입니까?"

"하얀 방."

"하얀 방? 설마……."

"네, 이영민의 실제 방을 재현해 놓은 그곳에서 이놈을 제어할 수 있습니다."

"……!"

이선우는 그 즉시 그곳으로 향해 달려가기 시작하였다. 그리고 그의 뒤로 세 대의 K—Soldier도 함께 움직였다.

그 세대의 K—Soldier는 이선우를 따르도록 명령되어 있기에, 그가 움직이는 모든 곳을 다 따라다니고 있었다.

"대체…… 무슨 생각을 하는 것인지 모르겠군."

이택수는 그의 행동을 보며 홀로 생각하였다. 그리고 곧 자신 앞에 있는 Human—2050A를 다시 올려다보았다.

"네가 폭발하면 이 도시가 날아간다? 하하하. 그 말을 너무 순진하게 믿는 것 아닙니까?"

이택수는 이선우가 그곳을 벗어난 후, Human—2050A를 보곤 웃으며 말했다.

"아무리 돌아보아도 영민의 흔적이라면 아까 보았던 그 방밖에 없네. 그 방을 다시 한 번 확인해 봐야겠어."

한편. 노인 선우와 강지희는 회사 내를 이리저리 돌아다니며 이영민의 흔적을 찾고 있었다.

하지만 최 박사나 이택수의 눈을 피하여 다녀야 하기에, 자유롭게 주변을 확인할 수 없었다. 또한 웬만한 곳을 다 확인하였지만, 이영민의 흔적을 찾지 못했다. 이에 노인 선우가 강지희를 보며 말했다.

"네, 아버님. 그쪽으로 다시 가요."

강지희도 그와 같은 생각을 하고 있었다. 만에 하나 아무런 이유가 없는 곳이라면, 사람이 그곳을 지키고 있을 리가 없었다.

두 사람은 다시 처음에 갔던 곳으로 향하였다.

"응? 선우?"

지금까지 잘 피하며 다녔지만, 이내 두 사람의 모습은 최철민의 눈에 들어갔다.

"저 두 사람을 잡아서 끌고 와라."

"네, 알겠습니다."

처음에는 자신의 일을 도울 것만 같았던 노인 선우였다. 하지만 이제는 완벽하게 자신의 일을 방해하고 있다는 것을 알기에 그를 잠시 감금해 두려는 그였다.

두 사람은 자신들의 뒤를 쫓고 있는 최 박사의 사람이 있다는 것을 알지 못한 채, 계속하여 앞만 보고 움직이고 있었다.

"아무리 회사 경비지만 회사 안을 너무 활보하고 다니십니다."

"……!"

노인 선우와 강지희가 이영민의 방을 형상화한 사무실이 있는 건물로 들어서려 할 때, 그들의 앞으로 덩치 큰 사내가 다가서며 말했다. 곧 뒤로도 몇 사내가 따라붙었다.

"비켜서게. 우린 해야 할 일이 있어."

"우리도 해야 할 일이 있습니다. 그러니 일단 우리를 따라오시죠."

바로 앞까지 와서 결정적인 단서를 잡지 못하고 돌아서야 할 순간이었다.

"난 이택수 사장의 비서로서……."

"이택수는 우리와 상관없는 사람입니다. 우린 최철민 박사의 사람이며, 그분의 명령만 따를 뿐입니다."

강지희는 회사 내에서 경호원처럼 보이는 이들을 움직이는 사람은 이택수 혼자라 여겼다. 하지만 짚어도 한참 잘못 짚은 상황이 연출되었다.

그들은 이택수가 아닌 최철민의 사람으로 두 사람을 잡기 위하여 다가선 것을 모르고 있었다.

"순순히 따라오십시오. 그러면……."

사내는 노인 선우의 앞으로 서며 말하다 말고, 말을 다 잇지 않은 채 놀란 눈을 하며 노인 선우의 뒤를 보았다.

그리고 그와 함께 왔던 다른 사내들도 모두 놀라 뒤를 돌아보았다.

"……!"

그곳에는 이선우와 함께 K—Soldier 세 대가 나란히 뛰어서 다가오고 있었다. 그 모습에 놀란 사내들이 뒤로 물러났다.

"뭐야? 어떻게 된 거야. 이영민 박사와 강지희잖아."

사내들은 정말 놀란 눈이었다. 지금 자신 앞에 강지희가 있지만 이선우와 함께 또 다른 강지희가 나타난 것이 놀라웠다. 그리고 무엇보다 이영민이 서 있는 것은 그들에게 충격이었다.

"어떻게 된 것입니까? 제가 여행을 다녀오시라……."

아빠는
신입
사원

"미안하네. 아무리 그래도 내 아들 일이라 내가 마음 편히 여행을 다닐 수가 없었네."

노인 선우는 이선우의 말을 듣고, K—Soldier 영민의 앞으로 다가서며 말했다. 노인 선우는 아직 K—Soldier 중, 몇 대가 실존인물과 똑같도록 만들어 놓았다는 것을 알지 못하고 있었다.

"아버님, 이건 기계입니다. 영민 씨가 아니에요."

"아니야…… 우리 영민이잖아. 이리저리 봐도 우리 영민이야."

노인 선우는 강지희의 말에도 K—Soldier 영민을 뚫어지게 보며 말했고, 곧 그의 앞으로 다가가 볼을 만졌다.

"……"

그리고 아무런 말없이 가만히 있었다. 그러다 곧 다시 손을 움직이며, K—Soldier 영민의 볼을 이어서 만지더니 눈물을 흘렸다.

"아버님."

강지희도 눈물이 흘러내릴 것만 같았다. 자신의 아들이 아니라는 것을 만져 보고 알았지만, 손을 뗄 수 없었던 그의 마음을 이해하고 있는 그녀였다.

"지금 무슨 소리를 하는 건가? 강지희가 두 명인 것도 이상한데, 이영민이 그곳에 있다니. 이놈들이 미치지 않고서야……."

"최 박사님, 여기를 보십시오."

최철민은 두 사람을 잡기 위하여 갔던 사내들이 돌아와 횡설수설하는 것에 화가 나 소리쳤다. 하지만 이내 모니터를 가리키며 한 과학자가 말하자, 그의 시선이 돌아섰다.

"이들의 말이 맞습니다. 강지희가 두 명이며, 분명 이영민도 함께 서 있습니다."

"……!"

최 박사가 보는 것은 그곳의 건물 앞에 설치된 CCTV 영상이었다. 과학자들이 직접 만들어 놓은 CCTV로, 다른 CCTV에 비해 굉장히 선명함을 보여 주고 있었다.

"이영민이 저곳에 있을 리 없다. 그놈은 내 허락 없이 절대 이 세상의 빛을 볼 수 없는 곳에 있단 말이야."

최철민은 영상을 보면서 인상을 찌푸린 채 말했고, 곧 두 주먹을 꽉 쥐었다.

"지금 즉시 확인할 것이 있다. 너희는 저놈들이 어디로 향하는지 확인하라."

"알겠습니다."

최철민은 그 길로 곧장 어디론가 향하였고, 다른 과학자들은 다시 이선우가 있는 곳으로 이동하였다.

"그런데 여긴 왜 오셨습니까?"

이선우는 두 사람을 보며 물었다.

"이곳이…… 뭔가 걸리는 부분이 많아서요. 알아볼 것도 많고요. 또 지난 날, 당신과 함께 갔던 그 하얀 방. 그 방이 이영민 씨의 방과 똑같이 만들어져 있기에 그 방에 뭔가 있을 것이라 생각되어 왔습니다."

강지희는 그에게 모든 것을 말해 주었다.

"저도 같은 생각입니다. 그래서 이렇게 달려온 것입니다."

이선우도 그녀의 말에 답하며 안으로 들어서자, 세 대의 K―Soldier도 그의 뒤를 따라 바로 움직였다.

"……"

노인 선우는 손을 잡고 있던 K―Soldier 영민이 몸을 돌리며 이선우의 뒤를 따르자, 아무런 말없이 그의 손을 마지막까지 잡은 후 놓아 주었다.

강지희는 K―Soldier 영민의 손이 그의 손길에서 떨어지자마자, 노인 선우의 손을 대신 잡아 주었다.

"가세요. 로봇보다는 살아 있는 영민 씨를 만나야죠."

강지희가 웃으며 말하자, 노인 선우는 그녀의 미소를
본 뒤 다시 저 앞서 가는 K—Soldier 영민을 보았다.

"어디를 그리 급히 가십니까?"

한편, 최철민은 이택수의 사무실 중, Human—
2050A가 있는 사무실로 급히 이동하고 있었다. 그리고
가던 중, 이택수를 만났다.

이택수는 그를 향해 날카로운 눈빛을 주며 물었다.

"지금 그 말이 나오는가? 이영민이가 어찌 버젓이 나
와서 설치고 다니는가?"

"이영민이 나와서 다니다니요? 그놈이 어떻게 나오겠
습니까?"

"내 눈으로 똑똑히 보았네. 그놈이 이선우와 이영수,
그리고 강지희…… 맞아, 강지희도 한 명이 더 있었어.
어떻게 그런 일이……."

"하하하하."

최철민은 심각하였다. 하지만 그의 말을 듣고 있던 이
택수는 큰 소리를 내며 웃기 시작했고, 최철민의 표정이
일그러지고 있었다.

"지금 웃음이 나오는가? 아무리 내가 자네와 경쟁하고
있다고는 하지만, 그렇다고 우리가 함께했던 그 사건을

이렇게……."

"말조심하십시오. 난 그 사건을 잊지 않습니다. 그리고 내가 왜 이영민을 내보내겠습니까? 그놈이 나가면 당신은 물론이며, 나도 온전하지 못할 것을 빤히 알고 있는데 말입니다."

이택수는 그를 똑바로 노려보며 말했다. 최철민도 조금 전까지는 불안한 표정이었지만, 그의 말을 들은 후, 표정이 조금은 풀리고 있었다.

"그럼. 그 안에 이영민이 있는 것은 확실한가?"

"걱정되시면 직접 보십시오. 그리고 아마 최 박사가 본 것은 내가 만든 K—Soldier들일 것입니다."

"뭐? 당신이 K—Soldier를 만들어? 하하하하!"

이번엔 최철민이 그의 말을 들은 후, 큰소리로 웃었다. 하지만 이택수는 그의 웃음소리를 듣고 인상을 찌푸리지 않았다. 그저 함께 큰 웃음으로 웃고 있었다.

"아무리 그래도 그렇지 이영민이 없는 지금에 네가 K—Soldier를 만든다는 것이 가당키나 하는가?"

"그리 믿지 못한다니 어쩔 수 없죠. 원래는 당신을 견제하며 자신의 패거리들을 잡아 족칠 목적으로 만든 놈도 있습니다. 하지만 불행하게도 그 K—Soldier가 이지민의 명령을 따르고 있으니, 내가 증명이라도 해 줘야 하는데…… 아쉽군요."

이택수는 그를 보며 그의 얼굴 가까이 자신의 얼굴을 들이밀고서는 나지막한 목소리로 말했고, 최철민의 눈동자는 미세하게 떨리고 있었다.

"정말…… 자네가 K—Soldier를 만들었단 말인가?"

"믿고 믿지 않고는 최 박사님 뜻입니다. 하지만 지금 이지민과 함께 움직이고 있는 놈은 내가 정말 아끼는 K—Soldier로, 아마 최 박사님이 만든 양산형들과는 비교가 되지 않을 것입니다. 하니…… 조심하십시오."

이택수는 그에게 살짝 고개 숙이며 말한 뒤 자신의 사무실로 이동하였고, 최철민은 그 자리에 가만히 선 채, 그의 뒷모습을 보고 있었다.

지금까지 오로지 두 사람이 K—Soldier의 소유권을 두고 경쟁하기만 하였다. 서로를 견제하고 서로에게 단 하나도 뺏기지 않으려 모든 것을 철저하게 준비하였다.

하지만 전혀 생각지 못한 이선우로 하여금 자신들의 전쟁에 또 다른 한 명이 끼어든 것처럼 느껴지고 있었다.

"대체…… 어떻게 돌아가는지 모르겠군. 하지만 조금만 기다려라. 이제 곧 이 모든 것이 내 손에 쥐어지면 이택수, 네놈은 물론이고 이에 관련된 네놈의 식구들을 모조리 다 쳐 낼 것이다."

최철민은 아직도 이택수만이 자신의 모든 것을 가져갈 유일한 인물이라 여기고 있었다.

"이 방에 뭔가 있을 것입니다."

세 사람은 하얀 방에 도착하였고, 이선우가 방 안을 들어서며 말했다.

"그것을 어떻게 아는가?"

노인 선우가 그의 말을 듣고 물었다.

"네? 아, 네…… 이택수에게 들었습니다. 이택수 사장에게 간곡히 부탁하였거든요. 그랬더니 이곳에 가면 이영민 씨에 대한 것을 알 수 있을 것이라 하였습니다."

이선우는 두 사람에게 거짓을 말하고 있었다. 이택수는 이곳에서 Human—2050A의 프로그램 제어를 할 수 있는 장치가 있다고 하여 온 것이었다.

이곳에서 이영민에 관한 것을 찾을 수 있다는 말은 이택수가 하지 않았다.

"우리의 생각이 맞았군. 우리도 이곳에서 영민에 관한 힌트를 얻을 수 있을 것이라 여겨 다시 온 것이네."

노인 선우가 답하였고, 곧 세 사람은 방 안을 이리저리 둘러보기 시작하였다.

"아무것도 없습니다."

세 사람은 약 10분 동안 그 좁은 방을 구석구석 다 확인하였다. 하지만 강지희가 굽은 허리를 펴고 말하자, 곧이어 이선우와 노인 선우도 몸을 일으켰다.

"난 다시 이택수에게 가 보겠습니다. 그에게서 더 많은 정보를……."

이선우가 두 사람을 보며 말하다 말고, 방 한쪽으로 들어오는 빛을 보았다. 그리고 그 빛을 따라 위를 보았다.

이곳은 천장이 뚫려 있는 구조. 빛이 들어오고 있었고, 그 빛이 들어온 곳이 마치 무언가를 의미하는 것과 같은 느낌이 들었다.

이선우는 가장 먼저 들어온 빛을 보며 그 빛이 주시한 곳을 보았다.

자세히, 더 자세히 시선을 집중하여 보자, 그곳에는 정말 작은 스위치 같은 것이 있었다.

실보다 더 가늘고, $0.5\,\text{mm}$도 되지 않을 정도의 작은 막대기가 위로 솟아 있는 것이 보였다.

"이건……."

이선우는 그 스위치를 향해 손을 뻗어, 곧 스위치를 위로 올렸다.

지이이이잉.

"……!"

그 순간, 한쪽 벽면이 서서히 열리기 시작하였고, 그 안으로는 지하로 연결된 돌계단이 있었다.

"통로입니다."

강지희는 놀란 눈으로 이선우를 보며 말한 뒤, 곧 노인 선우의 손을 잡고 아래를 보았다.

"제가 먼저 내려가겠습니다. 뒤를 따라오십시오."

이선우는 K—Soldier 세 대를 앞에 배치한 후, 아무도 들어서지 못하도록 명령어를 다시 입력해 놓았다.

이선우가 계단을 내려갈 때마다, 지난날 처음 이 방을 들어왔을 때와 같은 느낌이 들었다.

지금은 이 방을 그냥 바로 들어왔지만, 처음에는 어두운 통로를 지나치면서 멀게만 느껴지는 길을 통과한 후에야 올 수 있었다.

하지만 아직도 그 이유에 대해서는 모르고 있는 이선우였다.

세 사람은 곧 지하 끝으로 내려왔다. 그곳은 이선우가 조금 전 K—Soldier 테스트를 보기 위하여 숨어들었던 지하 7층과 흡사한 구조로 되어 있었다.

"지하에 이런 곳이 많군요."

"무슨 뜻입니까? 이런 곳이 또 있었습니까?"

이선우의 말에 강지희가 물었다.

"네. 조금 전 이택수가 준비한 K—Soldier 테스트를 진행한 곳도 이와 같은 지하였습니다."

강지희는 이택수와 함께 5년을 넘게 근무하였지만, 이런 구조물이 있다는 것 자체를 모르고 있었다.

이택수나 최철민은 이곳 사람들을 그만큼 믿지 않았다는 것과 같았다.

"우선 확인하겠습니다. 이곳에서 영민 씨의 흔적을 찾아보겠습니다."

이선우가 먼저 움직였다. 두 사람에게는 이영민을 찾도록 말하였다. 하지만 자신은 이영민이 아닌, 폭발의 원인을 제공할 제어판을 찾아야 하는 것이 우선이었다.

세 사람은 구석구석을 확인하였다.

"……."

그리고 약 10분 후. 이선우는 어느 한 곳에 멈춰 섰고, 그곳을 뚫어지게 보고 있었다.

"무엇입니까? 무슨 장치 같은데……."

곧 두 사람도 그의 뒤로 서며 그곳을 보고 있었다. 그곳에는 작은 모니터가 달린, 하나의 노트북 같은 것이 약 1미터 높이의 책상 위에 놓여 있었다.

"제어판입니다."

아빠는
신입
사원

"제어판요?"

"네. 아주 큰 위험 요소를 가진 기계를 제어할 수 있는 제어판입니다."

이선우는 해당 기계에 대해 말해 주었다. 그리고 노트북을 뚫어지게 보았다.

"어떤 기계의 제어판입니까? 이 회사에서 위험 요소라면 방사능뿐입니다. 그 방사능을 담아 둔 곳의 제어판입니까?"

강지희가 물었다.

"아닙니다. 방사능보다 더 월등한 파괴력을 지닌 폭발물을 관리하는 제어판입니다."

이선우는 이 제어판만 잘 관리하면 곧 있을 폭발을 다막을 수 있다는 생각이 들었다.

"그런데. 그 폭발을 일으키는 것은 무엇입니까? 제가 이곳에 입사한 이래, 그런 폭발을 일으킬 만한 것은 방사능 저장 탱크 외에는 없습니다."

강지희가 다시 말했고, 이선우는 그 순간 자신도 그에 대한 자세한 설명을 이택수로부터 제대로 듣지 못한 것이 아쉬웠다.

"이 제어판은 Human—2050A라는 K—Soldier를 만드는 기계를 제어하는 장치입니다. 그 기계는 다른

Human—2050보다 더 월등한 성능을 가지고 있으며, 크기 또한 엄청납니다."

이선우는 자신이 보았던 사각 기둥 모형의 쇳덩어리에 대해 설명하였다. 하지만 강지희는 그가 말한 그 기계를 단 한 번도 본 적이 없었다.

"Human—2050A는 이택수의 비밀 사무실에 있습니다. 제가 이곳에 온 그날, 그를 따라서 한 번 본 적이 있는데 조금 전에도 다시 보고 왔습니다."

이선우의 설명은 계속 이어졌지만, 여전히 강지희는 그가 말하는 기계를 알지 못하였다.

띠~ 띠~ 띠~.

이선우의 설명이 있은 후, 곧 노트북에서 이상한 소리가 들렸다.

"무슨 소리일까요?"

강지희가 노트북을 보며 말했고, 곧 깜빡거리고 있는 하나의 버튼을 보았다.

"눌러 보겠습니다."

강지희의 말에 이선우는 그녀의 손을 잡은 후, 누르지 못하도록 하였다.

"말 그대로 이상한 소리는 이상한 일을 일어나게 만드는 것입니다. 그러니 이대로 그냥 지켜보는 것이 좋을 듯

합니다."

이선우의 생각은 달랐다. 그는 이 장치로 인하여 폭발이 일어날 것을 우려하고 있기에, 그 어떤 시스템도 건드리지 않으려고 하였다.

"지금 몇 시 정도가 되었습니까?"

이선우는 시계가 없기에 강지희를 보며 물었다.

"정오입니다."

'정오면, 아직 1시간 50분이 남았다. 그 시간 동안 이곳을 벗어나면 안 되겠군.'

이선우는 시간을 안 후, 남은 시간을 계산하였다. 임무의 성공과 실패는 이제 1시간 50분 안에 결정되는 것이며, 무엇보다 그 시간은 이선우의 목숨과도 상관이 있는 일이었다.

띠~띠~띠~.

그렇게 약 10분이 지나간 후, 다시 이상한 소리가 들렸고, 노트북의 화면이 바뀌었다.

—시간상으로 보면 이곳에 도착했을 것이라 여겨 신호를 보냈는데도 답이 없군요.

노트북 화면에는 이택수가 보였고, 세 명은 그의 얼굴을 보았다.

"이택수……."

강지희가 굳은 표정을 지으며 말하였다.

―그런 눈으로 나를 보지 마라. 이제 곧 너의 님을 만나게 될 수도 있는데, 미소를 먼저 연습해 둬야 하지 않겠는가?

"……!"

이택수는 세 사람을 보고 있었다. 그리고 그의 말에 세 사람 모두 놀란 눈으로 모니터 속, 이택수를 보았다.

"무슨 말입니까? 영민 씨를 보게 된다니요? 어디서 본다는 말입니까?"

그의 말에 강지희는 노트북 앞으로 더 다가서며 물었다.

―역시. 당신은 아름답습니다. 비록 모니터를 통해 보는 얼굴이지만, 마치 나만을 보는 것 같은 아름다움에 가슴이 떨리는군요.

"쓸데없는 소리 말고, 영민이가 어디에 있다는 것인가?"

노인 선우가 화면 앞으로 다가서며 물었다.

―여기입니다. 이곳에 이영민 씨가 있습니다. 그것도 죽은 듯 아주 조용하게 말입니다.

"……!"

이택수가 보여 준 화면은 이선우의 눈동자를 떨리게

만들었다.

"저게…… 뭐예요? 무엇인데, 저곳에 영민 씨가……."

"Human—2050A입니다."

"네? 그럼 저 기계가 일곱 대의 K—Soldier를 만들었다는 바로 그 기계입니까?"

"네."

강지희는 처음 보았다. 하지만 이선우는 이미 보았는데도 불구하고, 심장이 떨리고 있었다.

불안감이 찾아온 것이었다. 이택수가 아무런 이유 없이 저 영상을 보여 줄 리는 없었다.

"그곳에 우리 아들이 있다는 말인가?"

─네, 있습니다. 그것도 5년 동안이나 이 안에서 아주 잘살고 있습니다.

이택수의 말을 들으면 들을수록 두 사람은 그의 말을 믿을 수 없었다. 하지만 이선우는 달랐다. 그는 지금 그가 하는 말이 이 제어판과 연관성이 있으며, 앞으로 다가올 일에 대해서도 연관성이 있다는 것을 알 수 있었다.

─자, 모두 두 눈을 똑바로 뜨고 이곳을 주목해 주십시오.

이택수는 세 사람이 보는 모니터에 Human—

2050A의 화면을 띄우더니, 그 내부를 확인할 수 있는
X—ray화면을 오버랩하여 서서히 보여 주고 있었다.

"……!"

그리고 그 영상이 점점 더 선명해지자, 세 사람의 눈
동자는 주체할 수 없을 정도로 떨려 왔다.

—멋지지 않습니까? 당신들이 그리 찾아다니던 그 이
영민이 지금 이곳에서 자신의 두뇌를 Human—
2050A에 제공해 주며 살아오고 있습니다.

이택수는 들뜬 목소리로 목소리 톤을 높이며 말했다.
하지만 그의 말을 듣는 세 사람의 심정은 찢어지고 폭발
할 것 같았다.

멀쩡한 사람을 기계 안에 가두어 5년 동안이나 죽은
시체처럼 살게 한 그를 용서할 수 없는 눈빛이었다.

—그런 눈빛들이 아주 좋습니다. 그리고 제가 이곳에
서 이영민을 꺼낼 수 있는 방법을 알려 드리겠습니다.

분노한 눈빛을 하고 있지만, 필요한 것이 있다면 충분
히 들어야 했다.

—이 Human—2050A는 최첨단 방어 시스템을 갖
추고 있습니다. 즉, 내부에서 일어나는 그 어떤 충격도,
또 외부에서 일어나는 충격도 Human—2050A는 자
체적으로 구분하여 방어합니다.

"그 말은……."

이택수의 첫 번째 말이 나오고 난 뒤에, 이선우가 그를 쏘아보며 말을 흐렸다.

―네, 이 안에 있는 이영민을 꺼내려면, 그곳에 있는 이 기계의 제어판을 무력화시켜야 합니다.

"……!"

우려하던 답이었다. 이영민을 살리기 위해서는 Human―2050A의 방어시스템을 무력화시키고, 그 후에 이영민을 밖으로 꺼내야 하는 것이었다.

하지만 이선우는 그 선택을 자유롭게 할 수 없었다. 노인 선우와 강지희 두 사람은 방어시스템을 무력화시키고 이영민을 꺼내고 싶은 마음이 우선이었다.

하지만 이선우는 이미 이 기계가 앞으로의 일에 대한 중대한 일을 결정할 것이기에, 함부로 선택하여 결정 내릴 수 없었다.

―그리고 또 한 가지. Human―2050A는 최강의 로봇생산 기계이기에, 그만큼 전 세계에서 이 기계의 내부를 열어 보려 하는 해킹 시도가 많습니다.

노인 선우와 강지희가 서둘러 그곳으로 가려 할 때, 이택수의 말이 이어졌고, 두 사람은 그의 말을 마저 듣고 움직이려 하였다.

—즉, 제어판을 통해 방어시스템을 무력화시키면, 그 즉시 전 세계의 수많은 해커들이 집중적으로 공격할 것이고, 그 강도에 따라, 이 Human—2050A를 폭발시키려는 의도도 있을 것입니다.

"……!"

이선우는 또다시 놀란 눈을 하였다. 이택수는 지금 이들에게 하나의 선택권을 던져 주었지만, 결코 쉽게 결정할 수 없는 선택권을 보내 준 것이었다.

—선택하십시오. 이영민을 구하고자 한다면, 제어판에서 방어시스템을 무력화하십시오. 하지만 Human—2050A의 폭발로 인하여 이 일대의 수많은 사람들이 죽을 것입니다. 그리고 방사능 유출로 인하여 앞으로 사람이 살기 힘든 도시가 될 것입니다.

이선우는 미래에서 일어난 폭발사건의 원인을 이제야 제대로 알게 되었다. 이는 기계적이 오류가 아니었다. 필시 이 제어판을 이용하여 누군가가 폭발을 일으켰다는 말이었다.

그것이 Human—2050A를 노리는 전 세계의 해커들일 수도 있으며, 또 다른 한편으로는 지금 자신의 뒤에 서 있는 이 두 사람일 수도 있다는 생각이 들었다.

이들에게는 이곳에 있는 사람들보다, 이영민이 더 소

중할 것이었다. 그래서 이들은 이곳 사람들이 아닌 이영민을 구해 이곳을 벗어날 것이었다.

"제가 이택수 사장을 만나고 오겠습니다. 꼭 저 기계를 무력화시키지 않아도, 영민 씨를 빼낼 수 있는 방법이 있을 것입니다."

강지희가 노트북 화면에 보이는 이택수를 노려보며 말했다.

―난 강지희 씨보다 이지민 씨가 오는 것을 더 반기겠습니다. 마음 같아서는 강지희 씨를 보고 싶지만, 오늘은 참 많은 것이 결정되는 날이니만큼, 신중하게 하도록 하기 위함입니다.

강지희가 가려 하였지만, 이택수는 이선우를 원했다.

이선우는 그를 노려보았고, 곧 강지희와 노인 선우를 보았다.

"마음에 내키지 않는다면 가지 않아도 되네. 그리고 우리 아들이 저곳에서 살아 있다는 보장이 없지 않은가. 괜히 저 기계의 방어시스템을 풀어 이곳 사람들까지 다치게 할 수는 없네."

의외였다. 노인 선우는 그 어떤 방법을 사용해서라도 이영민을 구하고자 나설 것이라 여겼다. 하지만 그는 이영민보다 이곳 사람들을 먼저 생각하였다.

"제가 최선의 방법을 선택하여 아무도 그 어떤 피해를 보지 않고 끝낼 수 있도록 해 보겠습니다."

이선우는 그를 보며 말한 뒤, 두 사람을 두고 다시 하얀 방으로 가기 시작하였다.

그 두 사람들 두고 가는 그의 마음은 불안함이 끝이 없었다. 노인 선우가 비록 그렇게 말했지만, 막상 자신의 아들이 살려 달라고 울부짖는다면, 그의 손은 단번에 노트북으로 향해 방어시스템을 무력화시킬 것이었다.

하지만 두 사람을 믿을 수밖에 없었다. 의심을 하고 또 의심을 한다고 해도, 그들의 결정을 바꿀 수 없기 때문이었다.

이선우는 하얀 방에 도착한 후, 곧바로 밖으로 나섰고, 그를 따라 세 대의 K—Soldier도 함께 움직였다.

"아직 시간은 있으니, 그 시간 안에 모든 것을 결정짓자. 그러면 비록 저 두 사람만 남겨 두고 왔어도, 큰 문제는 없을 것이다."

이선우는 이택수의 사무실로 급히 향하며 홀로 생각하였다.

"박사님, 이영수 씨가 나왔습니다. 그리고 그의 뒤에 따라붙은 세 대의 K—Soldier는 이택수가 말한 것과 일치합니다."

이선우가 움직이는 모습을 최철민 쪽에서도 확인하였다. 그리고 한 과학자가 최철민의 옆으로 다가서며 말했다.

"내가 가 볼 테니 자네들은 귀빈들 대우를 잘해 주고, 양산형 K—Soldier에 그 어떤 변화가 일어나지 않도록 주의해라."

"알겠습니다."

최철민은 그 즉시 사무실을 나와 이선우가 향한 이택수의 사무실로 움직였다.

탈칵.

이선우는 단숨에 그의 사무실까지 왔고, 그는 대형 모니터를 보며 여유롭게 앉아서 커피를 마시고 있었다.

"오셨습니까? 이런 큰 화면으로 강지희 씨의 얼굴을 보니, 가슴이 두근거려서 혼났습니다."

이택수는 자리에서 일어서며 말한 뒤, 다시 한 번 모니터에 비친 강지희의 모습을 보았다.

"다른 방법은 없습니까?"

"무슨 방법 말입니까? 아…… 이영민을 꺼낼 수 있는 방법 말입니까?"

이선우는 단도직입적으로 물었고, 이택수는 능청스러운 표정을 지으며 답했다.

"무슨 소리인가? 이영민을 꺼내다니, 설마 이놈에게 이영민에 관한 모든 것을 말한 것인가?"

두 사람의 첫 대화 이후, 곧바로 그의 사무실 문이 벌컥 열리며 최철민이 들어서서 물었다.

"참 무례하지 않습니까? 아무리 적이라고 하여도 그렇지, 남의 사무실 문을 저리 벌컥 열고 들어서는 사람이 어디에 있습니까?"

이택수는 그의 행동을 못마땅하게 여기며 말했다.

"시끄럽고. 조금 전 한 말을 다시 말해 봐. 이영민을 꺼내다니. 설마 저 안에 있는 이영민을 꺼낸다는 말인가?"

"물론입니다."

"이택수!"

최철민은 너무나 자연스럽게 자신의 말에 답하는 이택수를 향해 소리쳤다.

"이영민이 이 세상에 나오면 이 모든 것은 그놈에게로 돌아간다. 그런데도 그놈을……."

"과학자라는 놈의 입에서 참 좋은 말이 나오는군요."

"뭐야!"

최철민의 말이 끝나지도 않았지만, 이선우는 그를 향해 몸을 돌려 강한 눈빛으로 노려보며 말했다. 곧 최철민의 두 주먹이 꽉 쥐어지며 이선우를 노려보았다.

그리고 지금 이택수의 사무실에서 일어나고 있는 이 모든 모습과 대화는 노트북을 통해 노인 선우와 강지희에게도 보이고, 또 들리고 있었다.

"자신의 명예를 지키고자, 또는 얻고자 훌륭한 젊은 과학자를 나락으로 내몰았다. 그것도 모자라 그의 모든 것을 다 차지하려는 것이 어떻게 과학자라 할 수 있나! 그러고도 네가 인간이라고 할 수 있어?"

이선우는 한계에 다다랐다. 비록 현실 세계 자신의 아들은 아니지만, 이곳 세상을 살아가는 자신의 아들에게 너무나 가혹한 행위를 일삼는 그를 용서할 수 없었다.

"미쳤구나. 감히 네가⋯⋯."

—최철민! 넌 내가 용서하지 않을 것이다!

"⋯⋯."

두 사람의 대화 뒤에 최철민이 쓴 표정을 지으며 이선우를 보고 말하자, 곧바로 대형모니터를 통해 노인 선우의 모습이 보이며 최철민을 향해 쓴소리를 내뱉었다.

"매일같이 술만 처마시는 너를 지금까지 돌봐 준 나에게 할 소리인가? 자넨 그냥 그렇게 살아. 하루 종일 막걸리를 마시고, 누가 시키면 시키는 대로 하고 살아. 그게 네게 어울리는 삶이다."

최철민은 모니터에 보인 노인 선우를 보며 비웃는 어투로 말했고, 곧 그의 말을 들은 이선우가 두 주먹을 꽉 쥐었다.

퍽!

그리고 그대로 내려쳤다. 그의 갑작스러운 행동에 모니터를 보고 있던 노인 선우와 강지희가 놀란 눈으로 보았다.

하지만 바로 앞에 있었던 이택수는 놀라지도 않은 채, 이선우에게 주먹을 맞고 저 멀리 나가떨어진 최철민을 보고만 있었다.

"역시. 그저 평범함을 넘어선 인간이야. 연구해 보고 싶단 말이야."

이택수는 이선우를 보며 말했다. 자신이 알고 있는 인간이라면 절대 할 수 없는 모든 것을, 그는 너무나 쉽게 하고 다녔다.

"이제 네 차례다. 지금 바로 다른 방법을 나에게 알려 줘. 그렇지 않으면……."

"그렇게 협박해도 어쩔 수 없어. Human—2050A 는 처음부터 그렇게 만들어졌다. 자신의 몸을 스스로 방어할 수 있도록 설계, 제작된 전 세계에서 유일한 기계. 그것이 바로 이놈이다."

이택수는 자리에 앉으며 말했고, 다시 한 번 Human—2050A를 모니터에 띄우며 이선우의 눈빛을 흔들어 놓았다.

"참, 내가 한 가지 잊은 것이 있었군. Human—2050A 안으로 주입되던 공기가 오늘 오후 1시 30분을 끝으로 공급이 중단되는데, 그 말을 깜빡 잊고 하지 않을 뻔했군."

"……!"

이택수는 여전히 여유로운 어투로 말했다. 하지만 그 말이 나타내는 뜻을 이해한 세 사람의 눈빛은 이제 놀라움을 넘어서, 어떻게 대처해야 할지 모르는 흔들리는 눈빛이 되어 버렸다.

"선택을 해. 시계를 보아하니, 이제 한 40분 정도가 남은 것 같군. 그 시간 안에 이영민을 저곳에서 빼내지 못하면, Human—2050A의 자체 방어시스템 및 자체 바이러스 퇴치로 인하여 저 안에 있는 이영민은 타 죽든지, 아니면 산소 부족으로 죽을 것이다. 그러니 선택을 서두르는 것이 좋아."

이택수는 여유롭게 의자에 몸을 파묻으며 말했고, 곧 이선우는 모니터에 비친 Human—2050A를 뚫어지게 보았다.

"방어시스템을 무력화시킨 후, 다른 해커들이 이 기계에 침투할 수 있는 시간적 여유는 얼마나 되는가?"

이선우는 Human—2050A를 보며 이택수에게 물었다.

"그건 내가 장담할 수 없지. 어떤 해커들이 덤비고 있는가에 따라 다르지. 뭐, 1분도 되지 않아 뚫릴 수도 있을 것이고, 반면에 1시간 또는 24시간을 꼬박 보내고도 뚫지 못할 수도 있겠지."

이선우가 원하는 답은 이택수가 제대로 하지 못하고 있었다. 아니, 제대로 하지 못하는 것이 아니라, 답을 제대로 할 수 없는 질문이었다.

이선우는 모니터 위에 놓인 시계를 보았다.

'오후 12시 50분. 폭발이 일어나는 시간은 1시간 남았지만, 이영민의 생명은 40분이 남았다.'

이선우는 고민이 되었다. 지금 시스템을 무력화시키고 이영민을 외부로 꺼낸 뒤, 다시 방어시스템을 작동시킬 수도 있었다. 하지만 만에 하나, 그 시간 안에 해커가 해킹에 성공한다면, 또 그 해커의 목적이 Human—2050A의 파괴가 목적이라면……. 1시 50분에 폭발이 일어나는 것이 아니라, 오히려 그 폭발 시간을 앞으로 더 당기는 역할밖에 하지 않는 것이었다.

"자네가 저 기계덩어리 앞으로 가 있게나."

"네?"

한편, 하얀 방의 지하에 있던 노인 선우가 강지희에게 말했다.

"그렇게 되면 이택수 사장이 한 말처럼……."

"시간을 단축시키면 아무리 뛰어난 해커라도 그 짧은 시간 안에 저렇게 대단한 기계를 뚫지는 못할 것 아닌가?"

강지희는 노인 선우를 보았다. 그저 공구 상가에서 낡은 공구로 인하여 투정부리며, 하루하루를 막걸리에 의존하여 살고, 또 병든 아내를 제대로 간호하지도 못하는 그저 평범하게 늙은 사내라 여겼다.

하지만 그가 가끔 내뱉는 말을 들으며, 그 역시 과거에 열심히 살아왔다는 것을 느끼도록 하는 말이 많았다.

"내가 이 나이 먹도록 제대로 해 놓은 것은 없지만, 그래도 나보다 아들 녀석을 먼저 떠나보내고 싶지는 않아."

노인 선우는 결정하였다. 그리고 그 결정에 강지희도 따른다는 뜻을 내보였다.

강지희는 서둘러 하얀 방을 나가 Human—2050A가 있는 곳으로 향해 달렸고, 그 두 사람이 나눈 대화는 이택수와 이선우가 모두 들었다.

"이제 당신이 선택할 권리는 없어졌군. 제어판은 이선우 씨가 제어할 것이고, Human—2050A에 들어 있는 이영민은 강지희가 구한다……. 정말 영화 같은 일 아닌가. 하하하."

이택수는 큰 소리로 웃었다. 그리고 그 순간에도 이선우는 많은 생각이 머릿속을 스쳐 지나가고 있었다.

프로그램 제어에 이은 방어무력화로 Human—2050A가 폭발했을 경우에 일어날 수 있는 모든 일은 이미 들었지만, 그 폭발의 충격을 줄일 수 있는 일이 있을 수도 있다는 생각을 하였다.

"만에 하나 Human—2050A를 누군가 폭발시킨다면, 그 여파에 대해서는 생각해 본 적이 있습니까?"

이선우는 더 이상 숨기려 하지 않았다. 자신이 이미 알고 있는 내용을 이택수에게 말하고, 그에 대한 협조를 구해 볼 생각이었다.

"누군가 폭발시킨다? 하하하! 공상과학 영화를 많이 보신 듯합니다. 아무리 방어가 무력화된다고 하여도 Human—2050A를 그리 쉽게 폭발시킬 수는 없습니다."

하지만 이택수는 이선우가 한 말에 대해 애초부터 타

아빠는
신입
사원

당치 않다는 말을 먼저 하였다.

"가능성을 열어 두고 묻는 질문입니다. 당신의 말처럼 전 세계에서 Human—2050A의 성능을 탐내고 있습니다. 그래서 자신들이 저 기계를 가지지 못한다면, 폭발시켜서라도 한국에서도 더 이상 K—Soldier를 만들지 못하게 할 생각을 가진다면 어떻습니까? 충분히 그럴 가능성이 있지 않겠습니까?"

"……."

이선우의 이어지는 말에 이택수는 바로 답을 하지 못하였다. 즉, 충분히 그럴 만한 가능성이 있다는 것을 자신도 인정한다는 말이었다.

"당신…… 무엇을 알고 온 듯한데, 어디서 온 누구요?"

이택수의 눈빛이 변하며 물었다. 그는 애초부터 이선우에 대해 궁금한 것이 많았다.

하지만 그럴 때마다 이선우는 잘도 피해 갔고, 결국 지금까지 그에 대해서 아는 것은 아무것도 없었다.

심지어 그의 이름도 본명인지 알 수 없었다.

"지금에 와서 내가 당신에게 뭔가를 숨기고 거짓을 말해 봐야 서로 이득 볼 것이 없으니, 바로 말하겠습니다."

이선우는 그를 보았다. 그리고 사무실 한쪽으로 넘어

져 있는 최철민을 보았다.

"오늘. 오후 1시 50분에 이곳에서 대규모 폭발이 일어날 것입니다. 그로 인하여 안양은 물론이고 인근 과천과 시흥, 군포와 의왕까지도 모두 그 여파로 쑥대밭이 됩니다. 무엇보다 방사능이 유출되어 더 이상 사람이 살지 못하는 곳으로 변합니다."

"……!"

이선우는 그들에게 진실을 말해 주었다. 그의 말을 믿을 수 있는 그 어떤 근거도 없지만, 그 말을 듣는 순간에는 두 사람 모두 놀란 눈이었다.

"최 박사님도 일어나십시오. 이 모든 것에 당신 두 사람의 도움이 필요합니다. 그렇지 않을 경우 K—Soldier의 소유권은 물론, 당신들로 인하여 많은 사람들의 희생이 따를 것입니다."

이선우는 쓰러져 있는 최철민을 보며 말한 뒤, 다시 두 사람을 고루 보며 말했다.

"정말…… 공상과학 영화를 많이 본 사람이군. 어떻게……."

"내 말이 거짓인지는 1시 50분이 되면 알겠지요. 하지만 그때는 이미 늦은 시간이 됩니다. 그러니…… 그전에 막겠습니까, 아니면 모두 죽어 나가겠습니까?"

이선우는 더욱더 공격적으로 나섰다. 두 사람은 그를 보았고, 다시 두 사람도 시선을 마주하였다.

"난 당신의 말을 믿을 수 없습니다. 왜 내가 당신의 말을 믿어야 하는 것입니까?"

"그럼 내가 왜 나와 상관없는 이 상황에서 이리 날뛰고 있겠습니까? 그 이유는 아십니까?"

"……."

이택수가 자신의 생각을 말하자마자, 이선우는 그를 노려보며 물었고, 이택수는 다시 답을 하지 못하였다.

"먼저 사람들을 살려 놓은 뒤, K—Soldier의 소유권에 대한 분쟁을 하십시오. 두 사람의 욕심으로 인하여 애꿎은 사람들을 죽게 내버려 둘 것입니까?"

이선우는 촉박한 시간이기에 두 사람을 향해 더 공격적인 말을 하였고, 두 사람은 다시 서로의 시선을 마주쳤다.

"너의 말이 무슨 뜻인지는 모르지만, 만에 하나 그것이 진실이라면 일단 막고 봐야 하겠지."

최철민은 이선우의 말에 귀를 열었다.

"Human—2050A의 크기는 높이 7미터 가로 3미터입니다. 그리고 그 아래는 약 지하 7층 규모의 아주 큰 홀이 있고, 그 홀을 덮는 덮개도 있습니다."

이택수도 결국 귀를 열고, 입을 열었다.

"이미 계산을 해 둔 상황이었군요."

이선우는 이택수의 말을 들은 후, 그를 보며 말했다. 높이 7미터, 가로 3미터의 기계덩어리를 두고자, 지하 7층까지 땅을 파고, 또 덮개까지 만들어 둘 이유가 없었다.

"당신의 말처럼 만약의 사태를 대비한 장치입니다. Human—2050A를 만들며 그 기계가 훗날 가져올 파장도 고려하였습니다. 그래서 만에 하나 일어날 일에 대비하여 그 기계를 그곳에 배치하였고, 또 대비를 해 두었습니다."

이택수는 이선우의 말을 모두 인정하면서, Human—2050A를 그곳에 두고, 그 주변을 그리 만든 이유를 말해 주었다.

"그 모든 것의 의견은 이영민 박사가 해 놓은 것입니다."

"……."

그리고 곧바로 최철민이 이어서 말했고, 이선우는 그를 향해 말없이 보았다.

"이영민은 당신들보다 정말 뛰어났던 모양입니다. 진정 과학을 위하여 일하고, 나라를 위하여 일한 과학자라 말할 수 있는 사람인 것 같습니다."

이선우는 자신의 아들이지만, 자신의 아들이 진행한 모든 것을 듣자, 대단하다는 것을 스스로 말하고 있었다.

그리고 두 사람도 그의 말에 아무런 말을 하지 않았다. 그들도 이미 이영민이 젊은 나이에 자신들을 뛰어넘는 인재라는 것을 인정하고 있었던 것이었다.

다만 자신들보다 못난 가정형편에 못난 주변상황을 갖고 있음에도 더 뛰어난 능력을 발휘하는 것에 주변 사람들의 시선이 집중되자, 그것에 질투심이 생겼다. 그래서 해서는 안 될 일을 하게 된 두 사람이었다.

"시간이 없습니다. 이영민 박사를 Human—2050A 에서 꺼내고, 저 기계를 지하로 내려 보내야 합니다. 그리고 이영민 박사가 무사히 나올 때까지 아무런 일이 없다면, 그때 다시 방어시스템을 가동시켜도 되지 않겠습니까?"

이선우가 서두르자, 두 사람은 서로의 시선을 맞춘 뒤, Human—2050A가 있는 사무실로 함께 움직였다.

"정말 정교하군."

세 사람이 사무실로 이동할 때, 이선우의 뒤를 따르는 세 대의 K—Soldier를 보며 최철민이 혀를 차고 말했다.

"내가 만든 것입니다. 당신이 만든 그 어떤 K—Soldier보다 더 뛰어나고 섬세합니다."

이택수는 자신을 무시한 최 박사에게 직접 K—Soldier를 보여 주게 되었다. 그리고 그 놀라운 성능에 최 박사마저 혀를 차고 있었다.

곧 세 사람이 사무실에 도착하였고, 먼저 와 있던 강지희는 Human—2050A 안에서 이영민을 꺼낼 방법을 찾는 듯 이리저리 둘러보고 있었다.

"물러나라."

이택수는 그녀를 보며 말했고, 강지희는 이택수의 말에 깜짝 놀라 뒷걸음을 쳤다.

"물러나 계십시오. 이영민 박사를 저 안에서 꺼내 줄 것입니다."

이선우가 그녀의 놀란 눈을 진정시키듯, 나지막한 목소리로 말했다. 그녀는 그의 말을 들은 후에야 요동치던 심장을 겨우 진정시키고 있었다.

"이선우 씨, 그곳에 있습니까?"

이택수는 Human—2050A 앞에 선 뒤, 하얀 방 지하에 있는 노인 선우를 불렀다.

─말하시오.

노인 선우는 자신을 부른 목소리가 이택수의 목소리인

것을 알고 퉁명스럽게 물었다.

"지금부터 이영민을 꺼낼 것입니다. 내가 신호를 주면 그때, Human—2050A의 방어시스템을 무력화 시키십시오. 그리고 다시 신호를 주면 바로 가동시켜야 합니다. 아시겠습니까?"

이택수는 또렷한 목소리로 그에게 말했다.

—알겠소.

"저 양반을 믿어도 되는 것인가? 매일같이 술을 마시고 다니는 저 양반이 무엇을 알겠는가? 그러니……."

"당신보다 과학에 대해서는 알지 못하겠지만, 적어도 자신의 아들과 이곳의 사람들을 위하는 마음은 당신보다 더 잘 알 것입니다. 그리고 그 마음이 저분을 제대로 인도할 것입니다."

최철민이 노인 선우를 무시하는 발언에 이선우가 그를 향해 한 소리 하려 하였지만, 강지희가 나지막한 목소리로 그에게 제대로 일침을 놓았다.

"이 일이 정리되면 가장 먼저 너를 해고시키겠다."

"당신이 부탁해도 난 이곳에 있을 일이 없을 것입니다. 이 더러운 곳에서 더 이상 있고 싶지도 않습니다."

최철민은 자신을 무시한 그녀에게 쓴 표정을 지으며 말했지만, 돌아오는 답변은 여전히 자신의 질문보다 더 강한 답이 돌아왔다.

"시끄럽고, 지금 바로 시작하겠습니다."

이택수가 두 사람의 언쟁을 막아 세우며 말했고, 이선우는 초조함에 주변을 둘러보았다.

"몇 시입니까?"

바로 시간 때문이었다. 모든 것을 시작하려 한 지금, 만에 하나 시간이 촉박하여 제대로 정리되지 못한다면, 결국 이 일을 막지 못하게 되는 것이었다.

"1시 40분입니다."

어느새 시간이 많이 지나갔다. 남은 시간은 10분이며, 그 시간 안에 이영민을 빼내고, Human—2050A의 방어시스템을 재가동시켜야 하였다.

"서둘러야 할 것 같습니다."

이선우의 말에 이택수는 Human—2050A를 보던 눈빛을 달리하였다.

"지금 시작하겠습니다, 이선우 씨, 방어시스템을 무력화시키십시오."

이택수의 말을 들은 노인 선우는 자신의 앞에 있는 노트북을 보았다. 그러곤 그곳에 있는 수많은 버튼 중, 단 하나를 눌렀다.

위이이잉.

그리고 곧바로 Human—2050A가 돌아가는 작동소리가 멈춘 뒤, 내부에서 전달되던 진동도 사라졌다.

"지금입니다. 서둘러서 이영민을 빼내겠습니다."

이택수의 말에 이선우가 먼저 움직였다. 그는 Human—2050A의 옆으로 돌아서며, 그곳에 있는 문을 열었다.

"……!"

그리고 그 순간 마치 망치로 머리를 맞은 듯, 멍해지는 느낌을 받았다.

"뭐합니까! 놀랄 일이 있다는 것은 충분히 이해합니다. 하지만 그 놀란 일은 당신이 말한 그 순간을 보내고 난 뒤에 다시 놀라십시오!"

이택수가 소리쳤다. 그제야 이선우는 기계 안에서 뼈만 앙상하게 남은 자신의 아들을 꺼내고 있었다.

"……!"

이선우가 이영민을 꺼낸 뒤 안아 올리는 모습이 강지희에게 보였다. 그의 모습을 본 그녀는 눈동자를 크게 하며 두 손으로 자신의 입을 막았고, 그 자리에 주저앉아 버렸다.

"이선우 씨! 지금 바로 방어시스템을 재가동하십시오!"

이영민을 꺼낸 후, 이택수가 다시 외쳤다. 하지만 Human—2050A는 다시 가동되는 소리가 들리지 않고 있었다.

"이선우 씨!"

이택수가 다시 불렀지만, 아무런 대답이 없었다.

"젠장. 뭔가 잘못되었군."

이택수가 쓴 표정을 지으며 말했고, 이선우는 이영민을 강지희 앞에 내려놓자마자 그의 옆으로 다가갔다.

"왜 가동이 되지 않습니까?"

"그걸 내가 어떻게 알겠소! 이선우 씨가 지금 아무런 답도 하지 않고 있는데, 내가 어떻게 아느냔 말이오!"

이택수가 버럭 화를 내었다.

"이선우 씨! 제발 답을 주십시오. 지금 바로 가동시키지 않으면 모든 것이 수포로 돌아갑니다!"

이선우가 자신을 불렀다. 하지만 답은 여전히 없었다.

"안 되겠군. 일단 모두 나가십시오. 이놈을 지하로 내려 보내고, 충격 캡을 덮어야겠습니다."

방법이 없었다. 이미 시간이 5분 정도가 흘러갔기 때문이다. 그 시간이면 뛰어난 해커는 이미 Human—2050A의 시스템에 접속했을 수도 있는 시간이었다.

"이영민을 부탁합니다."

이선우는 앙상하게 뼈만 남은 채 눈을 감고 있는 자신의 아들을 보며, 강지희에게 부탁하였다. 그녀는 이선우의 말을 들은 후, 자신의 앞에 누워 있는 이영민을 보았다.

"지금 즉시, 이 세 사람을 데리고 이곳을 나간다."

이선우는 자신의 뒤를 따라온 K—Soldier에게 각기 세 사람을 데리고 이곳을 나갈 것을 명령 내렸다.

그러자 K—Soldier는 조금도 망설이지 않고 강지희와 이영민, 그리고 최철민을 들어 올렸다. 그러곤 뒤도 돌아보지 않은 채 사무실을 빠져나가고 있었다.

세 사람은 K—Soldier에 들려 그곳을 빠져나가면서, 남은 두 사람에 대해서는 다른 말을 하지 않았다.

"당신도 나가시오. 어차피 일이 이렇게 되어 버렸는데, 한 명이라도 더 살아야 하지 않겠습니까?"

이택수는 멈춰 버린 Human—2050A를 어루만지며 말했다.

"내가 처리할 테니 당신이 나가십시오. 그리고 나가거든 하얀 방 지하에 있는 이선우 씨를 잘 봐주십시오. 자신의 아들을 구하고자 이런 선택을 한 사람이지만, 그가 Human—2050A의 방어시스템을 재가동시키지 않은 이유도 분명 있을 것입니다."

이선우는 이택수를 보며 말했다. 그리고 자신이 기계 앞으로 더 다가섰다.

"방어시스템이 재가동된다면, 이 기계를 원격으로 지하로 내려보낼 수 있습니다. 하지만 이미 멈춰 버렸으니, 이놈을 지하로 내려보내고 그 위로 캡을 덮는 것은 오로지 수동으로 처리해야 합니다."

"……."

이선우는 심장이 두근거렸다. 모든 시스템이 멈췄으니, 이 역시 수동으로 처리해야 할 문제였다.

"내가 하겠습니다. 그러니 가십시오."

이선우는 물러나지 않았다. 그리고 이택수는 그를 보았다. 많은 의문을 가지고 있는 그지만, 결국 그는 이택수에게 더 많은 비밀을 남기고 가게 되는 것이었다.

"당신을 어디서 만난다면, 오늘 일을 다시 말해 봅시다."

이택수는 그에게 수동으로 이 모든 것을 이행하는 방법을 알려 준 뒤, 그의 어깨를 토닥거리며 사무실을 나섰다. 이선우는 홀로 남은 채, Human—2050A 아래로 깊게 열려 있는 지하를 보았다.

"깊기도 하군."

이선우는 지하로 첫 발을 내디뎠다. 그리고 곧 이택수

가 알려 준 빨간색 버튼이 Human—2050A 하단 부분의 틈새에 있는 것을 보았다.

"저 버튼을 누르면 이놈이 아래로 내려가고, 위로 캡이 덮인다는 말이지……."

이선우는 기계 아래에 있는 틈으로 들어갔고, 곧 빨간색 버튼을 보았다.

"지민이와 약속했는데, 어쩌면 함께하지 못할지도 모르겠군."

이선우는 버튼을 보며, 내일 아버지와 함께하는 수업에 참가하겠다고 지민과 약속했던 것이 떠올랐다.

"그래도 이런 방법이 있다면 이 방법을 택해야겠지. 비록 내가 살아가는 미래는 아니지만, 나와 같은 사람이 살아가는 미래이니 말이야."

이선우는 홀로 중얼거린 뒤, 빨간색 버튼을 눌렀다. 그러자 기계가 작동하는 소리가 들렸고, 곧 Human—2050A가 서서히 아래로 내려가고 있었다.

삑삑!

그 순간 Human—2050A의 중앙 부분에서 갑자기 '삑' 하는 소리와 함께 빨간불이 들어왔고, 타이머가 작동하기 시작하였다.

"Human—2050A의 폭발 타이머가 작동했습니다. 역시 전 세계에서 저놈을 주시하고 있었는데, 기회가 주어졌으니 그 기회를 제대로 살리려나 봅니다."

이택수는 강지희와 이영민, 그리고 최철민이 있는 사무실로 이동해 Human—2050A의 시스템을 보여 주는 화면에서 폭발 타이머가 작동된 것을 보며 말했다.

"이지민 씨는요?"

그의 말에 강지희가 벌떡 일어서며 그에게 물었다.

"그는 이 모든 것을 마무리 짓기 위하여 그곳에 남았다. 이선우 씨가 방어시스템을 가동시키지 않아 수동으로 해야 하니, 어쩔 수 없는 일이었어."

이택수의 말에 강지희는 모니터를 향해 보았다. 모니터에는 Human—2050A가 서서히 아래로 내려가는 것이 보였고, 그 어딘가에 이선우가 있을 것이라 생각하였다.

"그 사람…… 살아남을 것입니다."

"……."

강지희의 말에 두 사람은 그녀를 보았다.

"희망사항으로 알아듣겠다. 수동으로 Human—2050A의 방어시스템을 가동시키면, 그 시스템을 작동시킨 사람은 저곳을 다시 나올 수 없다. 기계가 아래로 내려가면서 그 어떤 틈도 주지 않으니 말이야."

모두는 그녀의 희망사항이라 말하였다. 하지만 그녀는 이선우를 믿었다. 그는 살아남을 것이라 믿었다.

"일단 이곳은 저렇게 마무리가 되니, 제어판이 있는 곳으로 가서 늙은이를 문책해야겠다."

이택수는 사무실에서 나왔다. 그리고 곧바로 제어판을 만졌던 이선우의 곁으로 움직였다.

"실장님. 1시 49분입니다. 1분 후, 폭발하게 됩니다."

한편. 회사에서는 이 모든 내용을 전해들은 관계자들이 회의실에 모였다. 그리고 서 팀장이 현재 상황을 그들에게 알렸다.

이는 50층에 있을 당시에는 전혀 생각지도 못한 부분이었다.

임무 수행 중, 그 현장 상황을 실시간으로 확인하기는 힘들었다. 단지 도플갱어에 의한 경보음이 있어 그에 대한 강제소환이 있을 때, 일시적으로 실시간 상황 확인이 가능했었다.

하지만 지금, 회사의 고위관계자들의 승인을 받아 모든 상황을 실시간으로 확인하고 있었다.

"타이머의 시간은 30초 남았습니다. 계산하면 1시 50분 정각이 됩니다."

서 팀장이 이어서 말했고, 모두는 39층의 실장을 보고만 있었다.

"1시 49분 59초에 이선우 씨를 강제 소환한다."

"알겠습니다."

실장의 답이 나왔고, 서 팀장은 표정을 밝게 하여 바로 답하였다.

"자네의 결정이 옳다는 것을 믿어 보겠네."

그의 결정이 있자, 그곳에 모인 모두는 자리에서 일어나 바로 나갔다. 그리고 가장 상석에 앉았던 사내가 실장을 보며 말했다.

그는 회장은 아니었다. 하지만 회의실에 모인 사람 중 가장 상석에 앉은 것으로 보아, 회장만큼의 권력을 쥐고 있는 인물처럼 보였다.

그 사내의 말에 실장은 살짝 고개만 숙였고, 그마저 나가자, 실장은 곧바로 상황실로 향하였다.

"시작하겠습니다."

1시 49분 55초가 되었다. 시간에 맞춰 강제 소환할 예정이었다.

휴먼테크놀로지의 사무실에도 모든 시선은

Human—2050A에 집중되어 있었다. 그리고 이택수는 하얀 방 아래로 내려갔고, 그곳에서 제어판을 뚫어지게 보고 있는 이선우를 보았다.

"소환!"

쾅쾅쾅!

실장의 큰 목소리가 들렸고, 서 팀장은 이선우를 현실 세계로 강제 소환하였다.

쾅!

이선우는 LED 위에서 충격에 의해 아주 멀리 날아가, 휴게실 유리에 부딪히며 그 일대를 모두 쑥대밭으로 만들었다. 사무실 안에 있던 사람들은 이선우의 소환으로 인해 폭발물이 따라서 들어올 것을 대비하여, 이선우의 LED 앞에 투명한 플라스틱을 곧바로 설치하였다.

쾅!

예상대로 이선우와 함께 폭발 현장의 일부가 뒤늦게 따라 들어서고 있었다. 모든 잔해가 조금 전 설치된 강화 플라스틱에 부딪히며, 그 앞으로 떨어지고 있었다.

"방사능 확인!"

뒤늦게 따라온 물질에서 혹시나 방사능이 검출되면 안 되기에, 그 즉시 확인하였다.

"방사능 물질 없습니다. Human—2050A가 폭발

하기 전, 주변 폭발에 의해 따라 들어온 물질로 보입니다."

다행이었다. Human—2050A의 폭발로 인하여 그 물질이 함께 들어온 것이라면 이곳에도 방사능이 번져나갈 우려가 있었다.

"이선우 씨의 건강 상태를 확인하고, 응급처치를 우선으로 한다."

"알겠습니다."

실장은 서둘렀다. 그리고 그의 명령에 사무실 안에 있던 사람들이 바삐 움직이기 시작하였다.

—조금 전 휴먼테크놀로지에서 강력한 폭발음이 일어났습니다. 인근 주민들은 땅이 흔들릴 정도의 폭발이라고 말했지만, 보시는 것처럼 휴먼테크놀로지 상공에서 촬영한 영상에서는 그 어디에도 폭발로 인한 피해는 없어 보입니다.

한편 30년 후의 미래에서 일어난 폭발도, 이미 한 차례 미래에서 일어난 일을 겪지 않았다.

비록 폭발은 막지 못했지만, 그 폭발을 미리 알고 대처한 결과였다.

"인간이 사는 세상인데, 인간과 함께 살아야 하지 않

겠는가. 난 기계들이 인간을 대신하는 미래를 원치 않네. 그래서 난 내 아들이 만든 기계지만, 더 이상은 이 세상에 필요치 않을 것이라 여겨서 폭파시키기를 원했네."

한편, 노인 선우는 이택수에게 자신의 진심을 말해 주었다. 그리고 또 하나의 미래에서 폭발한 Human—2050A는 지금과 같은 상황에서 폭발했을 것이었다.

하지만 그때는 미리 대처하지 못하였고, 지하로 내려가지 못한 상태에서 Human—2050A가 폭발하면서 그 여파로 인근이 모두 날아가 버렸을 것이었다.

그리고 그 중심에는 이택수도 최철민도 아닌, 노인 선우가 있었다. 그는 기계로 돌아가는 세상이 싫었고, 자신의 아들을 이리 만든 기계도 싫었기에, 그 기계를 그냥 부수려고만 하였다.

하지만 또 하나의 미래에서는 그에게 그 충격이 어디까지 전해질 것인지를 알려 준 사람이 없었다.

"실장님. 30년 후 미래에서도 폭발이 멈추었습니다. 그리고 다행히도 휴먼테크놀로지 지하에 만들어진 안전 벙커에 의해, 그 폭발은 그 안에 한정되었습니다."

곧 그 시대의 일이 전해졌고, 서 팀장은 그 내용을 실장에게 알려 주었다.

실장은 박살 난 휴게실의 한편에 누워 있는 이선우의

앞에 서 있었다. 그녀의 말을 들은 후, 다시 이선우를 보았다.

"이 사람…… 왜 모두가 주시하며 기대하고 있는지를 알 것 같네."

실장은 눈을 뜨지 않고 아직 기절해 있는 이선우를 내려다보며 말했고, 서 팀장은 미소를 지으며 이선우를 보았다.

"의뢰된 사건의 결과는 그쪽에서 확인한다. 해당 연도에서 의뢰한 의뢰자가 만족한다면 이 의뢰는 성공으로 간주하며, 이선우 씨에게도 그리 전한다."

"알겠습니다."

실장은 서 팀장에게 말했다. 이번 임무의 목적은 폭발을 막는 것이었다. 하지만 Human—2050A는 폭발했다. 즉, 임무 내용상으로만 본다면 임무 실패다.

하지만 의뢰자의 의견을 중시해, 그 의견을 듣고 판단하기로 하였다.

"이선우 씨가 깨어나면 현장의 모든 상황을 그에게 알려 준다."

"알겠습니다."

서 팀장은 실장의 말을 들은 후, 누워 있는 이선우를 보았다. 비록 그에게 주어진 임무를 완벽하게 완수하지는 않았지만, 자신이 죽을 수도 있는 그곳을 찾아 들어가는 것이 놀라웠다.

그리고 다시 살아서 돌아왔다. 비록 회사에서 특혜가 주어져 그를 강제소환하게 되었지만, 그래도 그의 결정에 모두는 놀란 눈들이었다.

"정신이 드십니까?"

1시 50분경에 소환되었다. 그리고 그가 눈을 뜬 시간은 오후 4시 30분경이었다. 그가 약 2시간 40분 정도를 기절해 있다가 눈을 뜨자마자, 서 팀장이 안부를 물었다.

"하…… 내 눈에 서 팀장님이 보이는 것을 보니, 내가 죽지는 않았군요."

이선우는 그녀를 보며 웃으며 말했고, 곧 몸을 일으켜 세웠다.

"그런데…… 사무실이 왜 이렇게 되었습니까? 폭탄이라도 맞은 것 같네요."

이선우는 휴게실이 박살 나고, 사무실 중앙에 있는 책상 일부와 PC들이 박살 난 것을 보며 말했다.

"그러게요. 누군가 아주 거대한 폭발물을 이끌고 오는 바람에 이렇게 그 여파가 그대로 전해졌네요."

서 팀장의 말에 이선우는 그녀를 보았다. 그리고 사무

실 중앙에 있는 직원들을 보고, 또 실장실에 있는 실장을 보았다.

모두가 자신을 보고 있었다. 즉, 조금 전 서 팀장이 말한 장본인은 바로 이선우 자신이었다는 것을 알게 되었다.

"죄송합니다. 이 모든 보상은 제 월급에서……."

"걱정 마십시오. 우리는 이런 일에 대비해서 보험도 잘 들어 두는 편입니다."

서 팀장은 그의 말에 웃으며 말했고, 곧 그곳의 일을 모두 그에게 알려 주었다.

폭발은 했지만 사람은 죽지 않았고, 이택수와 최철민은 공동으로 K—Soldier의 소유권을 이어 가게 되었다.

하지만 모든 과학자들이 우선권으로 내세운 이영민은 K—Soldier의 소유권을 스스로 포기하였다.

그는 노인 선우의 부탁을 받아 주었다. 기계가 아닌 사람이 사는 세상을 원했던 그의 부탁을 듣고, 더 이상 기계가 사람을 대신하는 일은 없도록 할 것이었다.

강지희는 5년 동안 잊지 않았던 이영민을 다시 만나며 환하게 웃었다.

그리고 이영민과 함께 모습을 감추었던 이선우의 첫째

아들인 이지민은 아직도 그들의 곁으로 돌아오지 않았다.

"결과가 빨리 왔으면 그 결과를 듣고 퇴근하도록 해 드리고 싶었는데, 현지의 의뢰인이 의뢰의 성공 여부를 아직 전해 오지 않았습니다."

시간이 되면서 이선우를 집으로 서둘러 보내고, 그를 쉬게 하려 하였다. 그리고 임무에 대한 성공 여부를 미리 말해 주고 싶었다.

하지만 아직 현지에서도 답변이 오지 않은 상황이기에, 그에게 알려 주지 못한 것을 실장은 아쉬워하였다.

"내일은 아들과 약속이 있다고 하셨으니, 내일은 푹 쉬시고, 이틀 후에 뵙겠습니다."

이선우를 승강기 앞까지 배웅한 실장이 말했고, 이선 우는 그에게 감사하다는 뜻으로 함께 고개 숙여 인사하 였다.

이선우는 자신의 몸을 이리저리 보며 1층으로 향하였 다.

그리고 Human—2050A가 폭발하기 전, 번쩍거리 는 그 현상을 끝으로 아무런 기억도 나지 않은 것이 어쩌 면 다행이라 여기고 있는 그였다.

"실장님, 이선우의 임무 의뢰자가 연결되었습니다."

이선우가 회사를 나간 후, 곧바로 서 팀장은 실장에게

보고하였다.

"연결해."

실장은 곧 중앙모니터를 향해 시선을 돌리며 말했고, 중앙모니터에서는 강지희의 얼굴이 크게 떴다.

―감사합니다. 그리고 이선우 씨에게 전해 주십시오. 당신을 직접 보게 된 것에 감사하다고요. 그리고 당신의 아들인 이영민은 건강을 회복했다고 전해 주십시오. 감사합니다. 다시 한 번 아버님께 감사하다는 말을 전해 주십시오.

"알겠습니다. 들어가십시오."

그녀와의 연결이 끊어졌다. 그리고 실장은 이번 임무를 성공으로 결정지었다.

그리고 강지희의 말. 그녀의 말을 곰곰이 생각한 실장과 서 팀장은 서로를 보며 놀란 눈을 하였다.

그 어떤 상황에서도 의뢰자는 임무를 수행하기 위하여 현장으로 간 대원을 알아볼 수 없었다.

이유는 간단하였다. 이미 일어난 일을 다시 되돌려 그 일을 반복하지 않도록 하는 의뢰이기에, 의뢰자는 이미 그 시대를 살다 간 사람이었다.

즉, 그 시대에서 만날 수 없는 사람이었지만 만났고, 기억하고 있었다.

"여러모로 복잡하군."

실장은 강지희의 마지막 말에 머리를 만지며 말했고, 서 팀장도 그저 평범하게 넘어가지 못할 일임을 바로 알 수 있었다.

"그녀가 이 모든 것을 알고 진행한 것이라면 그녀 또한, 그 어떤 다른 세상에서 온 것이라 생각이 됩니다."

서 팀장은 그녀에 대해 자신의 생각을 말해 주었다.

"그러고 보니 이선우 씨가 자신이 소환되는 장면을 강지희가 보았고, 다음 날 그녀가 그 말을 하면서도 놀라지 않았다고 했지?"

"네."

"그리고 우리 대원들이 가서 그녀의 기억을 다 지우려 했지만, 지워지지 않았고……."

"네."

실장은 여러 가지 정황을 다 생각하였다.

"우리 외에 또 다른 세상에서 또 다른 이들이 움직인 다는 말이겠지. 훗날…… 여러 가지 충돌도 일어날 수 있을 것 같군."

실장은 서 팀장의 말을 들은 후, 자신의 사무실로 향하며 말했다.

"아빠 오셨네."

이선우는 집에 도착하였다. 어제는 50층에 새로 입사한 신입사원과 예고 없이 술을 마시는 바람에 두 아들을 보지 못했다. 하지만 오늘은 5시가 조금 넘은 시간에 집으로 들어오니, 두 아들의 가장 활발한 모습을 보게 된 이선우였다.

이선우는 조금 전까지 거대한 폭발을 온몸으로 겪었던 사람이다. 하지만 그런 몸으로 지금 두 아들과 다시 씨름을 하며 웃고 있었다.

"아빠. 내일 나와 한 약속은 지켜 줄 거죠?"

한참 놀다가 영민이가 아버지 참관수업에 대해 물었다.

"물론이지. 아빠는 한번 한 약속은 꼭 지킨다. 내일 우리 아들이 어떻게 공부를 하는지 보고 싶은데. 하하하."

이선우는 영민을 들어 위로 던졌다 다시 받은 후 말했고, 영민은 큰 소리를 내며 웃었다.

아내의 입가에도 미소가 생겨났다. 그리고 네 가족은 모두 식탁에 둘러앉아 맛있는 지녁을 먹었다.

다음 날.

이선우는 아내와 함께 영민의 유치원으로 향하였다. 지민도 함께 가고 싶어 하였지만, 학교 수업을 빠질 수

아빠는
신입
사원

없었다.

"아버님, 어머님 오셨어요?"

유치원에 도착하자, 영민의 담임선생님인 강지희가 두 사람을 반겼다.

이선우는 그녀를 보면서, 어제 마지막으로 보았던 강지희가 떠올랐다. 자신의 아들인 영민이를 아끼는 여인, 그녀에게 자신의 아들을 맡길 수 있었던 이선우는 행복했었다.

오전에 이어 오후에도 영민의 수업을 보며 함께하였다. 이선우도 직접 수업을 진행해 보기도 하고, 또 영민이와 함께 수업도 하였다.

"오늘 너무 고생 많으셨습니다. 집으로 돌아가시는 길에, 아들딸들에게 맛있는 것을 사 주시면 감사하겠습니다."

수업이 모두 끝났다. 진행 교사는 웃으며 말했고, 부모들은 각자의 아이들을 번쩍 들어 올리면 웃었다.

"영민이 뭐 먹고 싶은 것 있어?"

이선우도 진행교사의 말을 생각하며 물었다.

"아니, 없어. 그런데…… 나 갖고 싶은 것이 있어."

"그래? 그게 뭐야? 말만 해 봐. 아빠가 당장 사 준다."

이선우는 반가웠다. 자신에게 아들이 무언가를 사 달라는 말을 하는 것이 반가웠다.

그 오랜 시간 동안 단 한 번도 듣지 못했던 말이 이렇게 기분 좋은 말인지 꿈에도 몰랐던 이선우였다.

"나. 장난감 갖고 싶어."

"장난감은 집에 많잖아. 그러니까 다른 것을 사자."

영민의 말에 아내가 나서며 영민의 말을 잘랐다.

"아니야, 여보. 우리 영민이가 가지고 싶은 장난감이 있는 것 같은데, 나도 그것을 사 주고 싶어."

이선우도 영민의 손을 들어 주었다. 아내는 이선우를 보았다. 그에게 따지려고 본 것은 아니었다.

정말…… 정말 신난 표정으로 영민을 보며 묻고 있는 그의 표정이었다.

"로봇. 말하면 움직이는 로봇이 있는데, 내 졸병으로 데리고 다니고 싶어."

"……"

이선우는 영민의 말에 조금 전까지 환하게 밝았던 표정이 잠시 굳어졌다.

"로봇…… 말고 다른 것은?"

"아니, 나 로봇 갖고 싶어. 그리고 나중에 커서 내 말을 잘 듣는 로봇을 만들 거야."

이선우는 영민의 말을 들은 후, 눈동자가 미세하게 떨렸다.

불과 조금 전까지 로봇에 대해 아무런 관심도 없던 아이가 영민이었다. 하지만 갑자기 로봇을 말하며, 로봇에 대한 관심을 가지고 있었다.

이선우는 영민의 손을 잡고 유치원을 나섰다.

"아버님, 어머님."

두 사람이 나오자마자, 강지희가 두 사람의 곁으로 다가와 다시 인사하였다.

"우리 영민이를 이렇게 잘 봐 주어 감사합니다."

"아닙니다. 영민이가 똘똘해서 혼자 알아서 잘해요."

아내의 말에 강지희가 웃으며 말했고, 곧 이선우를 향해 보며 다시 미소를 지었다.

이선우는 자신에게 일부러 찾아와 미소를 지으며 돌아서 가는 그녀를 이해할 수 없었다.

집으로 돌아가는 길에 이선우는 오늘 갑자기 영민이 로봇에 관심을 가지는 것과, 강지희가 마치 자신을 잘 알고 있는 것과 같은 느낌을 받았다.

"뭐. 어차피 끝난 일인데 다시 생각하지 말자."

이선우는 복잡한 머리에 더 복잡한 생각을 주입시키지 않으려 영민과 아내의 손을 잡고 기분 좋게 집으로 향하였다.

"이 사실은 절대 이선우 씨에게 비밀로 해야 하네."

"알겠습니다."

같은 시각. 회사에서는 이번 임무에 대한 총체적인 결과가 나왔다. 그리고 그 결과에 따른 내용을 본 실장은 서 팀장에게 말했고, 서 팀장도 고개를 끄덕거렸다.

"그나저나 정말 신기합니다. 제가 이 일을 10년 동안 하면서 이와 같은 일은 정말 처음입니다."

서 팀장이 휴게실로 향하던 실장의 뒤를 따라가며 말했다.

"난 20년 만에 처음이야. 어떻게 이런 일이 있을 수 있는지, 원……."

실장은 곧 휴게실 의자에 앉으며 말했다.

휴게실은 어제의 그 난리가 있었는지도 모르게 깔끔하게 정리되어 있었다.

"의뢰자가 이선우 씨를 알고 있는 것부터 이상하다고 여겼다. 그런데 그녀가 이곳 세상에도 존재하였고, 이선우 씨와 가까이 있었으며, 또 그 당시에 접한 그 미래의 이선우 씨가 지금 자신이었다는 것은 정말 놀라운 일이야."

실장의 말은 충격이었다.

강지희. 그녀가 현실 세계에 있었고, 이선우의 옆에 있었다. 그리고 그녀는 영민의 담임교사였던 강지희였다.

너무나 닮은 외모라고 여겼지만, 닮은 것이 아니라 동일인물이라는 말이었다.

유치원에서 일해야 하니, 그 시간에 미래나 과거로 갈 수도 없는 상황이다. 그런데도 그녀는 미래로 왔고, 이선우를 보았다. 그리고 이영민을 5년 동안 기다렸다.

아직 이에 대한 의문은 풀리지 않은 것이기에, 실장과 서 팀장도 그 긴 시간 동안에 처음 접해 본 상황이었다.

"그런데. 정말 이선우 씨의 미래였을까요? 병든 아내와 두 아들이 그리되는 운명. 정말 지금 우리와 함께 살고 있는 이선우 씨의 미래라면……. 대체 무슨 일이 있었는지 궁금합니다."

서 팀장이 다시 한 번 말을 꺼냈다.

그녀의 말처럼 임무 완수로 인하여 이선우는 꽤 많은 돈을 모아 둔 상태였다.

그런 인물이 병든 아내를 눕혀 놓고, 공구단지에서 낡은 기계와 싸우며 막걸리를 먹는 노인으로 나이가 들어갈 거라고는 생각지도 못하였다.

"그 무엇보다 그 시대에서 이선우를 만났는데, 그 사람은 자신의 과거를 말하지 않았다는 것이 더 대단하다고 본다."

서 팀장이 궁금해하는 부분도 있지만, 그 시대에 이선우가 지금 시대의 이선우와 동일인물이라는 것을 알면서도 자신의 과거를 단 한 번도 말하지 않은 것이 더 놀라운 실장이었다.

그렇게 이선우는 네 번째 임무를 완수하였고, 39층으로 온 이후, 첫 번째 임무를 완수하게 되었다.

Episode 5

Chapter 1

39층의 첫 번째 임무를 환수한 후, 다음 날은 영민과 함께 참관수업을 하였다.

"아, 네. 알겠습니다. 영민이에게 그리 전해 주겠습니다."

이선우는 출근 준비를 하고 있었고, 곧 아내는 전화를 받으며 영민이의 이름을 말해 주었다.

"무슨 일이야?"

이선우는 통화가 끝난 아내에게 물었다.

"어제, 영민의 담임선생님이 갑자기 급한 일이 생겨 유치원을 그만두어야 한다며 나가셨다네요. 영민이가 무척 따랐던 선생님인데…… 아쉽네요."

이선우는 자신의 임무 완수와 함께 강지희가 유치원을
그만두고 간다는 것이 왠지 마음에 걸렸다.

"오늘은 먼저 가세요. 아무래도 두 녀석이 늦게까지
잘 것 같아요."

아들들의 배웅을 받으며 출근하려 했지만, 너무 일찍
나서는 바람에 아들들의 힘찬 메시지를 전달받지 못하고
출근해야 할 상황이었다.

"상황이 좋지 않아. 아무래도 그들이 먼저 시작한 모
양인데, 우리 쪽에서도 반격을 준비해야 할 것 같다."

한편. 회사에서는 39층의 실장이 서 팀장을 보며 신
중한 표정을 지은 채 말하고 있었다.

띠리리리.

곧 실장실의 전화벨이 울리고, 실장이 바로 받았다.

"알고 있습니다. 이번 기회를 그들이 그냥 보내지 않
을 것입니다."

─준비하겠습니다. 우리 쪽에서 사람을 보내고, 실장
님 쪽에서는 이선우 씨를 보내 주십시오. 이번엔 그들의
썩은 머릿속을 다 비워 놓도록 하겠습니다.

"알겠습니다. 50층에서 직원을 보내는 만큼, 우리 쪽
에서도 실장님의 말씀처럼 이선우 씨를 보내도록 하겠습

아빠는
신입
사원

니다."

회사에서는 무언가 급히 돌아가는 것만 같았다. 39층의 실장과 50층의 실장이 급히 통화를 하였고, 각 부서에서 사람을 파견한다는 말을 하였다.

"안녕하십니까?"

이선우는 어쩔 수 없이 회사로 곧장 향하였고, 회사로 들어서자마자 우렁찬 목소리로 중앙홀에 있는 직원들을 보며 인사하였다.

"즐거워 보이십니다. 뭔가 행복한 일이 있었습니까?"

그를 보며 서 팀장이 물었다.

"가족을 곁에 두고 있다는 것 자체가 행복한 것 같아요. 서 팀장님도 아직 결혼하지 않으셨다면 좋은 남자 만나서 결혼해 보세요. 행복할 것입니다."

이선우는 서 팀장을 보며 웃으며 말했고, 서 팀장은 얼굴이 붉어지며 고개를 반쯤 돌렸다.

"이틀 전의 임무에 대한 보고를 해 드리겠습니다."

이선우가 휴게실로 들어서자 잠시 후 실장이 파일 하나를 들고 들어서며 말했다.

이선우는 이번 첫 번째 임무는 실패한 것이라 생각하였다. 폭발을 막지 못했으니, 당연한 결과였다.

"이번 임무는 성공적으로 마무리되었습니다. 비록 폭발은 있었지만, 인명 피해가 없었습니다. 또 휴먼테크놀로지에 대해서도 사회적 인지도라든지, 기타 문제점이 발견되지 않았기에, 이번 임무는 의뢰인이 직접 성공 판단을 내려 주었습니다."

실장의 말에 이선우는 숙인 고개를 들어 실장과 서 팀장을 보았다.

"정말입니까?"

"네, 그리고 성공 보수가 꽤 큰 편입니다. 그리고 금액은 이미 이선우 씨의 통장으로 입금되었을 것입니다. 확인해 보십시오."

이선우는 임무 완수 후, 지급되는 보수를 직접 눈으로 확인하지 못하였다.

모든 것을 아내에게 맡겨 두었기에, 그에 대한 것은 신경 쓰지 않는 그였다.

이선우는 첫 임무가 다행히 성공으로 마무리되어 기분이 한결 나은 편이었다.

"처음으로 39층의 임무를 수행하신 기분이 어떻습니까?"

곧 세 사람은 휴게실에 들어섰고, 실장이 첫 임무 완수에 대한 느낌을 물었다.

"사실 아직은 50층과 비교하여 큰 차이를 느끼지 못하고 있습니다. 무엇을 딱 꼬집어 이것이 어렵다, 쉽다를 구분하지는 못하겠고…… 그렇다고 하지 못할 정도의 일은 아닌 것 같고…… 아직은 모르겠네요."

이선우는 지금 현재의 심정을 그대로 표현하였다. 임무를 수행하는 동안에는 난이도에 대한 생각을 일절 하지 않는 그였다.

하지만 수행 중 정말 어렵다는 생각이 든다면, 그때는 여러 번 들었던 베테랑의 지원도 생각해 볼 것이었다. 하지만 아직은 그 정도의 어려움을 겪지 않고 있다고 여겼다.

그의 말을 들은 후 실장은 서 팀장을 보았고, 곧 다시 이선우를 보았다.

"다행히 임무 수행에 있어 어려움이 없다고 하니, 우리 회사에서 처음으로 시도되는 임무를 맡아 보시는 것은 어떻겠습니까?"

실장은 50층의 실장과 나눈 대화에서 하려던 그 임무를 지금 수행하려는 것이었다.

"처음 시도되는 임무요?"

이선우는 실장의 말에 두 눈을 멀뚱히 뜨며 물었다. 그리고 의아해했다. 자신이 있는 곳은 39층이다. 회사에서 처음으로 시도된다는 것은 그만큼 많은 면에서 중요함이 있을 것이었다.

그런 중요한 임무를 39층의 신입사원에게 맡기는 것은 조금 무리가 따른다고 여겨졌다.

"네, 처음으로 시도되는 임무입니다. 하지만 난이도가 어렵다거나, 또 쉽다고 할 수는 없습니다. 딱 30층대에 있는 직원들이 할 수 있을 만한 임무인데, 여러 사람들이 이선우 씨를 추천하였습니다."

"저를요? 제가 뭔가 특별하나요? 왜 저를······."

이선우는 어리둥절하였다. 자신은 이제 네 번째 임무를 완수한 직원이었다. 그런 직원에게 회사 임원직들이 관심을 가진다고 하니 황송할 따름이지만, 부담감도 적잖이 따라붙었다.

"전 직원이니, 회사에서 하라면 해야죠. 어떤 임무입니까?"

이선우는 아직 물불을 가릴 처지는 아니었다. 비록 네 번의 임무 성공으로 일반 직장인의 연봉 수준을 단번에 벌었겠지만, 그것은 운이 좋았다고 생각하는 그였다.

이후에는 실패도 있을 것이며, 또 일이 없어 쉬어야 할 순간도 있을 것이다. 결국 이 모든 것이 프리랜서와 같았고, 앞길이 보장되지 않았다고 여겼다.

아빠는
신입
사원

그래서 미리 준비해 두려는 그였다. 할 수 있을 때 하는 것이 최선이라 여겼다.

"이선우 씨가 하신다고 하면, 이번 임무에 대한 모든 것을 알려 드릴 것입니다."

이선우는 평소와 다른 어투와 표정, 그리고 행동을 보이며 말하는 실장을 빤히 보았다. 그리고 그의 옆에 서 있는 서 팀장도 보았다.

평소에는 언제나 미소를 머금고 있는 그녀지만, 지금은 그 미소가 없었다.

"하겠습니다. 임무가 무엇입니까?"

이선우는 두 사람의 표정을 풀어 주기 위해서라도 그 임무를 맡아야 할 것만 같았다.

"이쪽으로 오십시오."

이선우의 답과 함께 실장은 그의 답을 기다렸다는 듯, 곧바로 그를 데리고 자신의 사무실로 이동하였다. 그러곤 외부에서 내부를 볼 수 없도록 유리를 검게 만들었다.

"서 팀장, 보여 줘."

사무실 중앙 홀에 있는 직원들마저도 알면 안 되는 임무인 듯, 그들에게도 보이지 않으려 모든 유리를 다 검게 만들었다. 그 뒤 서 팀장을 향해 말하자, 서 팀장은 프로젝트에 연결된 하나의 영상을 재생시켰다.

영상에는 한 사내와 여인이 보였다. 연인으로 보이는 한 쌍의 남녀는 정다워 보였고, 서로 웃으며 거리를 거닐고 있는 영상이었다.

"마치 아름다운 로맨스 드라마 같네요."

이선우는 그 영상을 보며 절로 미소가 생겨나 말했지만, 두 사람은 그의 말에도 미소를 짓지 않았다.

두 사람의 표정을 본 이선우가 마저 영상을 접하고 있었다. 그 후로도 정말 지루할 정도로 그저 평범하고 아름다운 배경을 담은 영상만이 나오고 있었다.

그러나 약 30분 정도가 지나자, 뭔가 흐름이 바뀌는 것 같았다.

이선우는 점점 영상에 집중하였고, 곧 두 눈이 조금씩 커지고 있었다.

"......!"

그리고 이내 놀란 눈으로 영상에서 빠져나오지 못하는 듯한 눈을 하였고, 두 손은 꽉 쥐어진 채 핏줄까지 선명하게 보이고 있었다.

"진정하십시오. 이건 영상입니다."

서 팀장이 그의 손을 잡아 주며 마음을 진정시키고 있었다.

곧 45분 정도 되는 영상이 끝났다. 이선우의 얼굴은

땀범벅이 되어 있었고, 두 손을 얼마나 꽉 쥐었는지 손톱 자국이 손바닥에 꽉 찍혀 있었다.

"어떻습니까?"

실장이 물었다. 이선우는 아직도 그 영상에서 빠져나오지 못한 듯, 두 눈을 바르르 떨고 있었다. 게다가 주먹은 절로 쥐어졌다, 펴졌다를 반복하고 있었다.

"이선우 씨."

서 팀장이 다시 부르자, 그제야 이선우의 시선이 실장과 서 팀장에게 돌아섰다.

"네?"

"어떻습니까?"

실장이 다시 물었다.

"정말…… 저런 사람이 있습니까? 믿을 수가 없네요."

"믿을 수 없는 일은 아닙니다. 생각하면 우리도 저들과 다를 것이 없는 사람이지 않습니까?"

이선우는 자신이 본 영상 속 인물에 대해 놀라움을 금치 못하고 있었지만, 실장과 서 팀장은 영상을 보면서 그리 놀라는 눈은 아니었다.

"그런데 임무가 무엇입니까? 저들처럼 하라는 것은 아닐 테고, 혹여…… 저들을 잡으라는 것입니까?"

이선우는 다시 영상으로 시선을 돌리며 물었다.

"네, 정확하게 보셨습니다. 지금 저들은 전 세계를 다 휘젓고 다닙니다. 자신들의 능력을 가지고 과거로 와서 사용하고 있는 이들입니다."

점점 영상에 대한 이야기가 실장의 입에서 나오고 있었다.

"과거로 온 녀석들? 그럼 저들도 모두 미래에서 온 녀석들입니까?"

"네. 그것도 언제의 미래인지를 알 수 없는 놈들입니다."

이 회사처럼 최첨단 장비를 이용할 수 있고, 미래와 과거를 왔다 갔다 할 수 있는 곳에서조차 그들이 어느 정도의 미래에서 온 것인지 모른다는 말은, 이들이 가 보지 못한 미래에서 온 것이라는 말과 같았다.

"저들은 사람들을 위협합니다. 특정한 목적은 없습니다. 그저 눈에 들어오는 이들을 목표로 합니다."

실장은 영상 속 장면 중 한 장면에서 재생을 멈추었고, 영상에 보인 사내를 가리키며 말했다.

"여러 차례 확인한 결과, 이 녀석이 수장으로 보입니다. 그리고 이 녀석 외에 네 명이 더 포착되고 있습니다."

실장은 한 사내를 보여 준 뒤, 빠르게 영상을 재생시

아빠는
신입
사원

키며 중간중간 화면을 멈춰 네 명의 인물이 찍힌 정지 화면을 더 보여 주었다.

수장이라는 사내를 포함해 사내는 모두 세 명이었고, 두 명은 여인이었다.

"이들은 시간을 타고 움직입니다. 필시 미래의 어느 지점에서 온 것은 알지만, 무슨 영문인지 다시 그 미래로 돌아가지 않고 있는 녀석들입니다."

실장은 그 다섯 명에 관한 설명을 덧붙여 하였다.

"이들이 어느 시점의 미래에서 온 것인지 알 수 없다고 하였는데, 이들이 다시 미래로 돌아가지 못한다는 것은 어떻게 아셨습니까?"

이선우의 질문을 들은 실장이 서 팀장을 보았다. 그리고 그녀는 또 다른 USB를 삽입한 뒤, 그곳에 있는 사진을 열어 나열하였다.

"이 사진은 그들이 찍힌 사진입니다. 더 정확하게 말하면 우리의 임무 중에 찍힌 그들의 사진입니다."

"네? 임무 중에요?"

이선우는 놀란 눈으로 서 팀장을 보며 물었다. 과거나 미래를 가는 사람들은 이 회사에 취직된 인물들로 한정되어 있을 것이라 여겼다.

그리고 지금 이 회사도 결국은 저 먼 미래에서 과거로

온 회사로 여기고 있는 이선우였다.

서 팀장은 여러 장의 사진을 슬라이드 보기로 자동재생을 시켰고, 사진들은 일정 시간 후에 다음 사진으로 넘어갔다.

"보시는 것과 같이 모두 과거입니다. 심지어 지금 이 시점을 기준으로 한 미래 중, 단 한 곳에서도 저 사람들이 보이지 않았습니다."

"그것만으로 저들이 미래를 갈 수 없다고 장담하기에는 무리가 있지 않겠습니까?"

이선우는 서 팀장의 말을 들은 후, 자신의 뜻을 다시 말하였다.

"네, 무리가 있을 수 있습니다. 그래서 저들의 동선을 모두 확인하였습니다. 과거, 현재, 미래를 통틀어 저들이 갈 수 있는 방향을 다 알아보았습니다."

"그건 어떻게 알 수 있습니까? 쉽게 말하면, 저들에게 위치추적 장치를 달아 놓았다는 말과 같은데……."

이선우는 조금 전 서 팀장의 말을 이해하지 못하여 다시 물었다. 그의 말처럼 저들이 어디로 가는지 일일이 확인할 수 있다는 것은 무리라고 여겼다.

"저희 회사는 미래의 기술을 가져왔다고 하였습니다. 하지만 저들은 우리가 다녀온 미래보다 더 후의 미래에

아빠는
신입
사원

서 사용할 만한 기술을 사용합니다."

"그것이 무엇입니까?"

이선우는 침을 꿀꺽 삼키며 물었다. 지금 자신이 다니고 있는 이 회사에서도 충분히 귀신같다는 느낌이 드는 사람들이 꽤 있는 편이었다.

하지만 그보다 더 미래에서 왔다면, 그들은 어떤 기술을 사용할지 궁금하였다.

"그들이 시간을 타고 움직인다는 말은 이미 하였습니다. 즉 요즘 시대의 말로는 타임워프를 이용한다고 하지요."

타임워프. 시간을 넘나드는 인간들을 일컫는, 일종의 게임 속에서 나오던 게임 용어와도 같은 말이었다.

과학계에서도 사실 타임워프에 대한 연구가 있었고 그 가능성도 제시되었지만, 결국은 이루어질 수 없는 연구로 남게 되었었다.

"말은 그렇게 하지만, 결국은 우리와 다를 바가 없는 이들 아닙니까?"

이선우가 콕 집어서 바로 말했다.

"네, 맞습니다."

"그 말 좀 쉽고 편하게 합시다. 왜 쉬운 우리나라 말을 내버려 두고, 꼭 어려운 말을 섞어 가며 말을 뱅뱅 돌리는지 이유를 알 수 없네요."

이선우는 진심이 담긴 말을 서 팀장에게 하였다. 모든 국민들이 알 수 있도록 편하고 쉽게 말하면 되지만, 그런 위치에 앉은 사람이 브리핑이나 기타 연설을 할 경우에는 정말 어려운 말을 중간중간에 잘도 섞어서 하고 있었다.

그로 인하여 그 말뜻을 이해하지 못한 국민들은 해당 인물이 전하고자 하는 메시지를 정확하게 파악하지 못한 채, 그저 웃고 박수치며 넘어가는 경우가 많았다.

"하지만 우리와 근본적으로 다른 것이 하나 있습니다."

이선우의 말을 들은 후 다시 쉬운 말을 이어하던 실장이 그를 강하게 노려보듯 보며 말했고, 곧 하나의 영상을 다시 재생하였다.

"……!"

영상을 본 후, 약 5초가 지나면서부터 이선우의 눈빛은 달라지고 있었다. 놀라는 눈빛을 넘어, 신기함에 감탄까지 섞인 그런 눈빛이었다.

"보셨습니까?"

"네, 대체 저들이 원하는 것이 무엇입니까?"

영상을 보며, 실장이 묻는 말에 이선우는 두 눈을 깜

빡거리지도 않은 채 다시 물었다.

"아직 그 이유를 알지 못합니다. 저들이 무엇을 원하며, 왜 저런 행동을 하는지. 이미 수년 전부터 우리는 저들을 뒤쫓고 있었지만, 그 이유를 알 수 없었습니다."

실장의 목소리는 무거웠다. 또한 수년 전부터라는 말에 이선우의 표정도 무겁게 변하였다.

"하지만 더 이상은 지켜볼 수 없었습니다. 회사는 물론, 우리에게 과학적 기술을 전수해 준 미래의 어느 집단으로부터 의뢰가 들어왔습니다. 그래서 이번엔 저들을 잡을 것입니다. 그래서 그 이유를 물을 것입니다."

이선우는 실장의 말을 들은 후, 다시 시선을 모니터 속 화면에 나와 있는 이들에게로 돌렸다.

"이 일을 의뢰한 사람들은 저들을 알고 있다는 말이군요."

일을 의뢰하였으니, 당연히 알고 있을 것이라 믿었다.

"아니요. 그들도 저들에 대한 것을 모릅니다. 우리에게 일을 의뢰한 그들 역시 저들이 어느 시점의 미래에서 왔는지 알 수 없고, 또 저들이 원하는 것도 무엇인지 알 수 없습니다."

이선우는 실장의 말을 모두 들었지만, 도통 이해할 수 없었다. 지금보다 더 먼 미래에서 살고 있는 그들마저도 모르는 일을 지금 시대에 의뢰해서 무슨 결과를 얻겠다는 것이 이해 가지 않고 있었다.

"한 가지 궁금한 것이 있습니다."

"말씀하십시오."

"일을 의뢰했다는 그곳…… 그곳 사람들은 미래에 살고 있다고 하였습니다."

"네."

"그렇다면 우리보다 더 뛰어난 기술과 힘을 가졌을 텐데, 굳이 자신들보다 과거의 사람들에게 일을 의뢰하는 이유가 있습니까?"

실장과 서 팀장은 서로의 눈을 보았다. 그리고 다시 이선우를 보았다.

"지금까지 이런 질문을 한 사람이 단 한 명도 없습니다. 그저, 임무이니 따르겠다는 말만 하였습니다. 하지만 역시 이선우 씨는 다르군요."

서 팀장이 그를 보며 말했고, 이선우가 그녀를 보았다.

"이선우 씨의 말처럼 그들이 직접 나서면 빠를 수도 있고, 또 정확할 수도 있습니다. 하지만 우리가 미래의 기술을 지금 시대에 퍼뜨리지 않는 것처럼, 그들이 직접 이곳으로 와서 임무를 수행하는 것은 우리와 또 다른 충돌이 일어날 수 있는 요지가 있습니다."

실장의 설명이 이어졌고, 이선우는 그의 말을 들은 후 몇 가지를 생각하게 되었다.

이선우가 이곳에 입사한 후, 처음으로 맡았던 임무는 과거로 가는 일이었다. 그리고 그곳에서 자신의 임무 외에는 그 어떤 일에 관여하지 말라는 규칙이 있었다.

이유는 한 가지였다. 이미 지나 버린 과거지만, 그 시대에 사는 사람들의 미래가 바뀌는 것을 막고자 함이었다.

만약 미래의 그들이 이곳으로 와서, 현재 이곳에 있는 회사 직원들과 함께 공조하여 임무를 수행한다면 과거로 가서 자신들에 대한 모든 것을 밝히고, 일을 하는 것과 다를 것이 없었다.

그렇게 되면 지금 이 시대에 사는 사람들의 미래가 바뀌게 되는 것이었다. 그것을 막고자 미래에 있는 그들이 직접 나서지 않는 것이라 말하였다.

"그들의 실력으로도 그놈들을 잡지 못했다는 말이군요."

실장이 말을 돌려 하였지만, 역시 이선우에게는 그런 말이 통하지 않았다.

"네, 이선우 씨에게는 말을 달리할 수 없겠군요. 이선우 씨가 생각한 것과 같습니다."

실장은 뜸을 들이지 않고, 이선우가 한 말을 그대로 인정하며, 말을 다시 이었다.

　"그들의 말을 빌리면, 그들도 이미 수차례 이들을 잡고자 미래에서 과거로 왔다고 하였습니다. 역시 우리와는 그 어떤 만남도 없었고요. 하지만 그들을 잡는 것에 실패했습니다. 그것도 일곱 번이나 도전했지만, 모두 실패했습니다."

　"일곱 번요? 그렇게 많이 도전했는데 이들을 잡지 못한 것입니까?"

　이선우는 놀란 눈을 하며 물었다. 미래라면 지금보다 그 어떤 것도 다 월등히 앞서 있을 것이었다. 하물며 사람들의 신체나 그들이 사용하는 무기 등의 모든 것이 앞서 있을 텐데, 그런 것들로도 잡지 못했다는 말이었다.

　"네. 일곱 번을 실패한 것도 모자라, 그를 잡고자 온 기관의 사람들마저 죽은 상태로 다시 미래로 돌아가는 일까지 벌어졌다고 합니다."

　"……!"

　이선우는 처음 들었다. 임무 중 사망하는 사람이 있다고는 하였지만, 요 근래에는 까맣게 잊고 있었다. 하지만 이제부터 자신이 만나야 할 그들과 맞서다 죽은 사람이 있다는 말에 심장이 두근거리고 있었다.

"미래의 그 기관에서 더 이상 그들을 잡을 수 없다고 판단하여, 우리에게 어렵게 다시 일을 의뢰한 것입니다."

실장은 지금부터 해야 할 임무가 어떤 경로를 통해 회사로 들어왔는지에 대한 모든 설명을 다 해 주었다.

이선우는 그의 말을 다 들은 후, 두 사람을 번갈아 보았다.

"영상을 보니, 그저 평범한 놈들이 아니라는 것은 쉽게 알 수 있었습니다. 시간의 틈을 이용하여 자유자재로 돌아다니는 것도 그렇지만, 자신들을 본 사람들을 아무렇지 않게 죽이는 것도 무서웠습니다."

이선우가 본 영상 속에 나온 장면으로, 두 눈을 둥그렇게 뜨고, 놀란 눈을 하게 하였던 부분에서 나온 장면이었다.

"너무 걱정하지 마십시오. 이번 임무는 단독 임무가 아닙니다. 저들도 다섯 명이니, 우리 쪽에서도 팀을 이루어 저들을 상대할 것입니다."

실장의 표정은 비장해졌다. 그리고 곧 서 팀장을 보았고, 그녀는 또 다른 USB를 PC에 연결하여 그 메모리 안에 있는 내용 중, 하나의 자료를 클릭하였다.

"우리 쪽에서 지정된 일곱 명의 직원입니다."

이선우에게 보여 준 파일은 지금까지 이선우가 직접

만나지 못했던 이 회사의 직원들이었다.

"모두 입사 10년차 이상의 베테랑들이며, 이선우 씨와 마찬가지로 단 한 번의 임무도 실패로 남기지 않은 전설과도 같은 직원들입니다."

이선우는 그들을 보며 표정이 굳어졌다. 회사에서 인정하는 최고의 베테랑들을 일곱 명이나 구성하여 그들을 맞이하겠다는 것으로 보아, 이 회사에서도 이미 그들의 힘을 어느 정도 파악하고 있다는 것과 같았다.

"저런 분들 속에서 저 같은 햇병아리 신입사원이 버텨 내기나 하겠습니까?"

이선우는 자기 자신의 처지를 잘 알고 있다. 그는 이제 고작 한 달 된 신입사원이다. 10년이라는 세월 동안 이 일을 해 온 베테랑들과는 모든 면에서 상당한 차이를 보일 것이 분명하였다.

"네, 분명 차이는 있을 것입니다. 하지만 우리 회사의 임원들을 물론, 이 일곱 명의 베테랑분들도 이선우 씨를 적극 추천하고 받아들였습니다."

"정…… 말입니까?"

이선우는 믿을 수 없었다. 자신보다 뛰어난 직원은 분명 있을 테지만, 그들보다 자신을 더 중시하여 발탁했다는 것에 놀랐다.

"이선우 씨가 이번 임무를 수행하기로 하였으니, 잠시 후, 지금 자료 화면으로 보았던 이분들을 직접 만나러 갈 것입니다."

이선우는 이어지는 실장의 말에, 두근거리는 심장이 더욱더 크게 두근거리기 시작하였다.

회사 앞에서 보았던 신입사원이 아닌, 이 회사의 정신적 지주라 할 수 있는 베테랑들과의 만남. 그리고 그들과 함께 하는 임무. 이선우는 떨리면서도 두려웠고, 또 두려웠으면서도 기대되는 임무라 여겨졌다.

띠리리리.

실장의 말이 끝난 후, 마치 계산이 된 상황처럼, 사무실의 전화벨이 울렸다.

"네, 알겠습니다. 지금 올라가도록 하겠습니다."

실장은 전화를 받은 후, 똑바른 자세로 서서 답하였고, 곧 이선우를 향해 보았다.

"지금…… 지상 3층으로 이동하겠습니다."

"지상 3층요?"

이선우는 또다시 놀랐다. 신입사원은 지하 50층부터 시작하며, 점차 위로 오를수록 그 경력이 인정되어 프로로 나설 수 있다. 그 뒤 프로를 넘어서면 베테랑이 된다. 그리고 그 베테랑을 넘어서야 이 회사의 최상층에서 근무하는 전설과도 같은 사람과 어깨를 나란히 할 수 있는 것이었다.

그리고 그 기간은 짧게는 10년, 길게는 수십 년이 걸려도 오르지 못할 경우가 있다고 하였다.

하지만 이선우는 이제 한 달이다. 그 짧은 시간이 흐른 후에 지하가 아닌 지상으로 올라 임무를 수행하게 되었다.

"이동하겠습니다."

어리둥절하게 자신을 보고 있는 이선우에게 실장이 다시 말했다. 곧 검게 변했던 유리가 다시 투명하게 변한 뒤, 사무실에서 세 명이 밖으로 나섰다.

중앙 홀에 있던 직원들은 그들을 보았다. 하나같이 지난 며칠 동안 보여 주었던 그런 밝은 표정들이 아니었다.

모두가 어두웠다. 마치 이 일이 무엇인지 아는 것처럼 그들의 표정도 어두웠다.

하지만 이들은 이번 임무가 무엇인지 모른다. 실장실의 유리마저 검게 변화시키면서 이루어진 회의였고, 그만큼 보안이 철저하게 유지되어야 하는 상황이었다.

이선우는 실장과 서 팀장의 사이에 서서 승강기로 이동하였다. 곧 지상 3층의 버튼을 누르자, 승강기는 빠르게 위로 오르기 시작하였다.

띵.

금방이었다. 퇴근길에 탔던 승강기와 같은 승강기지만, 느낌은 천지차이였다.

퇴근길에 탄 승강기가 통일호와 같은 느낌이었다면, 지금 타고 온 승강기는 마치 KTX를 타고 부산까지 급행으로 온 것 같은 느낌이었다.

서 팀장이 먼저 내렸고, 곧 실장이 이선우를 안내하여 함께 내렸다.

이선우는 지상 3층을 처음 보았다. 그리고 지하에서 보았던 것과 달리, 지상 3층의 사무실은 무척 밝았다.

인공적으로 비춰지는 형광등이 아닌, 자연적이 빛이 사무실 전체를 다 밝히고 있었다.

"안녕하십니까, 이선우 씨?"

이선우는 주변을 둘러보고 있었고, 곧 한 여인이 그의 앞으로 서며 인사하였다.

"네, 안녕하세요."

이선우는 얼떨결에 그녀를 보며 인사하였고, 그녀는 이선우를 보며 미소를 지었다.

긴 생머리를 뒤로 말아 올려 집게 같은 머리핀으로 고정하였고, 의외로 잘 어울리는 빨간색 안경테에 하얀색 블라우스와 검은색 치마정장을 입은 전형적인 여과장님

스타일을 보여 주고 있는 그녀였다.

"반갑습니다. 저는 이혜령이며, 지상 3층을 담당하는 실장입니다."

"네? 지상 3층의 실장님요?!"

이선우는 정말 놀란 눈을 하였다. 지하 50층의 실장이 가장 멋지고, 강해 보였다. 하지만 그는 신입사원들을 관리하는 이 회사 최고 하부조직인 50층을 관리하는 실장이었다.

그리고 39층의 실장 역시 50층의 실장 못지않지만, 그렇다고 절대 빠지는 이미지는 아니었다.

하지만 지금, 그들보다 훨씬 위에 앉은 여인이 이선우를 보며 웃었다.

그저 서 팀장과 박 팀장처럼, 실장을 옆에서 지원하는 인물로만 알았다. 그런 그녀가 이곳의 실장이라니, 놀란 이선우의 눈은 좀체 그녀에게서 떨어지지 않고 있었다.

"많이 놀라시는군요. 지금까지 이선우 씨가 본 두 명의 실장에 비해 보잘 것 없어 보이는 제가 지상층을 담당하는 실장이라고 하니 놀랄 만도 하겠네요."

그녀는 이선우의 앞으로 더 다가서며 말한 뒤, 정식으로 그에게 손을 내밀어 악수를 청하였다.

이선우는 어리둥절하였지만, 상사가 내민 손을 무안하

아빠는
신입
사원

게 만들 수는 없었다.

곧바로 그녀의 손을 잡아 악수하였고, 그녀에게 자연스럽게 고개가 숙여지고 있었다.

"다른 분들은 아직입니까?"

39층 실장이 그녀에게 물었다.

"아닙니다. 이미 여섯 분은 그들을 잡고자 움직였습니다. 그리고 이선우를 제외한 다른 한 분은 지금 올라오고 있는 중입니다."

39층의 실장이 묻자, 그녀는 해맑은 표정으로 웃으며 말했고, 다시 이선우를 향해 시선을 돌렸다.

"이선우 씨."

"네?"

갑자기 자신을 부르자 당황한 듯한 표정으로 답했다.

"이번 임무에 대한 결정이 당신에게 어떤 영향을 미칠지는 모르겠습니다. 하지만 결코 당신에게 마이너스가 되는 임무는 아닐 것입니다. 그리고 당신의 선택을 존중합니다."

그녀는 이선우를 보고 똑바로 선 채 말하였고, 곧 마지막 말을 끝내고 이선우를 향해 정중하게 고개 숙여 인사하였다.

이선우는 그녀의 행동에 당황하였다. 하지만 39층의

실장과 서 팀장은 당황하지 않고, 그녀의 행동을 보고만 있었다.

"이제 두 분께서는 그만 내려가십시오. 이선우 씨가 이번 임무에 합류한다고 하였으니, 이 임무가 끝날 때까지는 이선우 씨의 직속상관은 제가 되는 것입니다."

이혜령의 말에 이선우는 실장과 서 팀장을 보았다. 39층에서 지낸 지, 이제 고작 일주일이 지나고, 이틀이 더 지난 상황이었다.

겨우 얼굴 좀 익히나 했지만, 그새 이별을 맞이한 상황이었다.

"이선우 씨도 당분간 이분들과 떨어져야 하니 인사를 먼저 나누세요. 그리고 이 임무가 끝나면 다시 39층으로 돌아가게 될 것이며, 이번 임무에 대한 결과는 당신의 업무 능력에 아주 큰 요소로 작용할 것입니다."

이혜령은 이선우를 보며 여전히 미소 짓는 얼굴을 한 채 말했지만, 그녀의 표정과 달리 이선우는 경직되어 가는 자신의 몸을 느끼고 있었다.

곧 실장과 서 팀장은 다시 승강기를 타고 내려갔다.

"이쪽으로 오십시오. 이선우 씨는 곧 도착하는 다른 신입사원과 함께 임무에 투입될 것입니다."

이선우는 지금까지처럼 자신의 LED 위에서 단독으로

임무에 투입되고, 그 현장에서 만나는 것이라 생각하였다.

하지만 애초부터 함께 출발하며, 또 돌아올 때도 함께라는 말을 한 그녀였다.

띵.

이제 갓 만난 두 사람에게는 잠시의 시간도 서먹한 시간이었다. 어색한 시간을 깨는 듯 승강기가 도착한 소리가 들렸고, 두 사람의 시선이 승강기로 향하였다.

"저 사람은?"

이선우는 승강기 문이 열리며 나오는 장태광을 보았다. 놀란 눈과 어리둥절한 눈이 서로 교차되었다.

"안녕하십니까?"

그는 승강기에서 내리자마자 이혜령을 향해 꾸벅 인사한 후, 다시 이선우를 보았다.

"역시 선배님은 다르시군요. 이런 단체 임무에 벌써 발탁되어 함께 뛰시니, 그저 존경스럽기만 합니다."

장태광은 이제 입사한 정말 신참내기 신입사원이었다. 자신보다 더 현장 경험이 없는 인물인 그가 이번 임무에 발탁되었다는 것은, 그가 자신보다 더 월등한 능력을 지닌 것이라 말할 수 있었다.

"서로 안면이 있는 것으로 압니다. 하지만 오늘부터는 정식으로 서로 한 팀이 되는 것이니 통성명을 다시 하십시오."

이혜령이 두 사람을 보며 말하였고, 곧 장태광과 이선우는 서로의 손을 맞잡으며 다시 각자의 이름을 말하였다.

"그럼 지금 바로 임무에 투입하도록 하겠습니다."

정말 통성명만 하고 바로 움직이는 것이었다. 서로 차 한잔하며 팀웍을 위한 여러 가지 대화도 하고 그럴 것이라 여겼다.

하지만 그런 사치는 없었다. 이미 투입된 사원들도 있다고 하니, 그들을 돕기 위해서라도 바삐 움직여야 했다.

"현장에 도착하면 먼저 도착한 사람이 있을 것입니다. 이미 그 사람에게 두 사람의 정보를 주었으니, 두 사람보다 먼저 그 사람이 두 사람을 알아볼 것입니다."

이혜령은 총 일곱 명 중, 벌써 세 명을 한 팀에 몰아넣었다. 즉, 각자 한 명씩을 맡은 상황이면서, 어떤 한 인물에게 지금의 세 명을 모두 붙여 놓은 것과 같았다.

"우리는 세 명입니까?"

"네, 이 팀은 세 명이 한 팀으로 움직입니다."

이선우는 궁금증을 가지고 임무에 투입되는 것을 싫어했다. 모든 궁금증은 언제나 임무 투입 전, 그때그때 바로 풀어야 하는 그였다. 이번에도 바로 물었다.

"다섯 명 중, 가장 강한 놈을 상대하는 것이겠군요."

이선우의 말에 이혜령이 다시 그를 보며 미소를 지었다.

"네, 맞습니다. 지금 여러분은 이미 보았던 다섯 명 중, 그들의 수장이라 말할 수 있는 사내를 잡습니다."

역시 불길한 예감은 언제나 적중하였다. 그 어떤 무리에서도 언제나 수장은 강하다. 하물며 나이 들어 퇴물이라고 말해도, 그 수장과 단 한 번의 칼부림을 겪어도 그가 왜 수장인지 알 수 있을 정도로 수장이라는 타이틀을 가진 이들은 강했다.

그리고 지금. 이선우는 자신이 영상으로 미리 보았고, 그 잔인함과 강함이 눈살을 찌푸리게 만들었던 그 수장을 지금부터 만나야 하며, 심지어 잡기까지 해야 할 상황이었다.

"정말 이런 임무는 처음입니다. 단체 임무에, 그것도 무언가를 해결하는 것이 아니라 누군가를 잡아야 한다니……. 결코 쉬운 일은 아닌 것 같습니다."

이선우는 장태광을 보며 말했다. 이선우가 처음이니, 장태광은 더욱더 처음 있는 일일 것이었다.

"그래도 설마 해결하지 못할 의뢰를 회사에서 받았겠습니까? 다 할 수 있으니 받았겠죠. 자자…… 이러저런 수다를 뜨는 동안 먼저 가 계신다는 한 분은 개고생하고 있을 것입니다. 서두르죠."

장태광은 의외로 침착하였다. 당황하지도 않았고, 긴장하지도 않았다. 오히려 평소보다 더 당당하게 나서며 말하는 그였다.

"그럼 준비하십시오. 곧 현장으로 가겠습니다."

다시 한 번 이혜령이 말했고, 두 사람은 주변을 둘러보았다. 그러자 이혜령이 손가락으로 하나의 대형 LED를 가리켰다.

그 LED는 지금까지 이선우가 이용했던 것과는 크기가 많이 달랐다. 적어도 열 명은 한꺼번에 올라갈 수 있을 정도의 대규모 LED였다.

"준비되셨습니까?"

LED의 신기함을 구경하고 있을 시간이란 없었다. 위로 올라서자마자 이혜령이 물었다. 장태광이 고개를 끄덕거리자, 그녀의 눈빛은 이내 이선우에게로 돌아섰다.

이선우는 자신을 보는 그녀의 눈빛을 보며 미소를 지었고, 곧 자신도 준비가 되었다는 뜻을 그녀에게 보냈다.

슈욱!

"......"

신호를 보내자마자 다른 어떤 말도 없이 앞이 환해지면서 다시 검게 변한 뒤, 또다시 환해지면서 주변의 환경이 바뀌었다는 것을 느낌으로 알 수 있었다.

탁탁!

두 사람은 아직 눈도 제대로 뜨지 못하고 있었고, 곧 누군가 두 사람의 뒷덜미를 잡아 끌어냈다. 눈을 뜨며 주변을 둘러보았지만, 자신들의 목덜미를 낚아챈 사람은 누군지 보이지 않았다.

턱턱.

그리고 골목 한편으로 던져지다시피 하였고, 곧 두 사내는 자신들을 끌고 온 장본인을 보았다.

"여자?"

"여자라고 해서 당신과 같은 일을 하지 말라는 법은 없습니다."

정말 믿기 힘든 일의 연속이었다. 50층의 실장은 이곳에 일하는 사람들이 모두 남자라 할 정도로 아버지라는 말을 많이 사용했다.

회사에서 명예퇴직을 한 아버지들이 사원들이라 말했다. 하지만 지금 두 사람의 앞에 있는 사람은 분명 여자이며, 그것도 아주 젊은 여자였다.

"장태광 씨와 이선우 씨 맞죠?"

그녀는 어리둥절한 눈빛으로 자신을 올려보고 있는 두 사람의 이름을 말하며 물었다.

"네? 아, 네. 맞습니다. 제가 장태광이고, 이 사람이 이선우 씨입니다."

장태광이 그녀의 물음에 답하였고, 그녀는 이선우의 이름을 들은 후, 그를 보았다.

"당신이 요즘 핫이슈로 떠오르는 그 신입사원이군요."

그녀는 이선우를 보며 말한 뒤, 다시 손을 내밀었다.

"설서빈입니다. 입사 15년 차이며, 나이는 27살입니다."

"네?! 27살요?"

그녀가 자신의 이름과 함께 나이를 말하자, 두 사람은 서로를 보며 놀란 눈으로 그녀의 나이를 다시 한 번 말했다.

"네, 12살에 이곳에 입사했으니, 올해로 딱 15년이 되었네요."

충격의 연속이었다. 대체 12살의 어린 여자아이를 데려다 무슨 짓을 한 것인지 갑자기 화가 치밀어 오르는 이선우였다.

"뭐, 내가 먹고 살고자 선택한 길이고, 또 아직까지 아무런 후회 없이 살고 있으니, 결코 내 선택이 잘못되었다고 말하지는 않겠어요."

그녀는 털털한 성격을 그대로 보이며 말했다.

"그런데…… 언제부터 이곳에 계셨습니까?"

아빠는
신입
사원

이선우가 주변을 둘러보며 물었다. 시대를 보면 지금과 별반 다를 것이 없어 보였다. 화려한 도심이 보였고, 주변에서 들려오는 음악도 요즘에 들리는 음악과 같았다.

"저는 지금 우리가 잡을 놈을 일주일째 따라다니고 있습니다."

"네? 일주일요? 정말 뭐가 뭔지 모르겠고, 그냥 놀랍기만 하네요. 어떻게 일주일씩이나 그놈을 쫓고 있을 수 있어요?"

이선우는 여자의 몸으로 그것도 미래에서 온 이들의 수장이라는 놈을 일주일 동안 상대했다는 그녀의 말에 두 눈이 그녀의 곁에서 떨어지지 않고 있었다.

"이렇게 지원군도 왔으니, 이번에는 저놈을 꼭 잡겠습니다. 그래서…… 그 먼 미래에서 온 놈들보다 우리가 더 월등하다는 것을 보여 줘야죠."

그녀는 파이팅이 넘쳤다. 정말 사내보다 더 사내 같은 그녀였다.

물론 외모는 천상여인이었다. 여인이라는 말보다 아름다운 여인이라는 말이 더 어울리는, 그런 여인이었다.

하지만 성격은 정말 사내였고, 대장부였다. 정말 나라 하나를 이끌 것만 같은 여인이었다.

"오늘은 임무에 투입된 시간이 늦으니, 다른 것은 하

지 않겠습니다. 우리가 잡아야 할 놈이 누군지에 대해서
만 알고 바로 회사로 돌아가도록 하겠습니다."

"네? 그렇게 빨리요?"

그녀의 말을 들은 후, 이선우가 다시 되물었다.

"내 생각으로는 이번 임무에 대한 정확한 정보는 물
론, 임무 기간과 보수 등 구체적인 것은 단 하나도 듣지
않고 온 것 같습니다. 일단 그것부터 듣고 합의한 후에
움직이는 것이 나중을 위해서도 좋을 것입니다."

그녀는 이제 투입된 두 사람을 위해서 시간을 앞당겨
돌아간다는 것이 아니었다.

이번 임무에 대한 구체적인 모든 것에 대해 합의가 되
지 않은 것을 합의하고, 서로가 모든 것을 인정한 후에 제
대로 투입되어 일을 진행하는 것이 좋을 것이라 말했다.

"철저하시네요."

그녀를 보며 장태광이 어색한 미소를 지으며 말했다.

"다 먹고 살자 하는 것인데, 임무 완수 후, 말이 달라
지면 서로 곤란하잖아요. 그러니까 애초에 그런 곤란한
상황을 만들지 않기 위해서 생긴 버릇 중에 하나입니다.
시작 전, 모든 것에 대해 상호 간의 합의 후에 일을 진행
한다. 그게 나의 임무 전 각오입니다."

그녀의 말에 이선우는 그저 미소를 지었다. 정말 외모

만 본다면 미스코리아에 나가 모든 상이란 상은 다 쓸고 들어올 것 같은 외모였다. 하지만 그녀의 내면적인 면을 들여다보면, 그런 아름다운 상상은 모조리 깨지고 말 것이었다.

"저기……."

이선우는 그녀에 대해 많은 궁금증이 생기고 있었다. 그리고 몇 가지 물으려 할 때, 그녀가 한쪽을 가리키며 말했다.

그녀가 가리키는 곳을 보자, 그곳에는 한 사내가 편의점 앞에서 캔 맥주를 따서 마시고 있었다.

"저놈이군요."

이선우의 눈에 그 사내가 바로 들어왔다. 이곳으로 오기 전 39층 실장이 보여 준 인물, 그 사진 속 인물과 완전 일치하는 외모였다.

"저놈은 혼자고 우린 세 명이니 그냥 후일을 생각하지 말고, 지금 잡는 것이 어떻습니까?"

이선우는 그를 눈앞에서 보았으니, 바로잡고자 하였다. 하지만 의외로 장태광마저 서두르지 않고, 그를 매서운 눈빛으로 쏘아보고 있었다.

"지금 잡는 것은 무리입니다. 설서빈 씨의 말처럼 다음으로 미루고 일단 돌아가는 것이 좋을 것 같습니다."

"네?"

이선우는 정말 이해할 수 없었다. 그가 강하다는 것은 이미 들어 알고 있었다.

하지만 어차피 지금의 세 명으로 그를 잡아야 하는 판에, 훗날 이렇게 다시 본다고 해서, 지금과 다를 것이 없을 것이라 여겼다.

하지만 설서빈과 장태광은 이선우가 보지 못한 무언가를 본 듯, 오늘이 아닌 다음 기회로 미루고 있었다.

"이만 돌아가겠습니다."

설서빈은 망설이지 않고 귀환을 말했다. 그리고 휴대전화를 꺼내 들었고, 곧 어디론가 연락하였다.

슈욱.

그 즉시 눈앞이 하얗게 변하더니 이내 3층 사무실 내부가 이선우의 눈에 들어왔다.

"수고하셨습니다."

세 사람을 반기는 사람은 이혜령이었다. 아직 정해진 하루 정규 시간을 모두 채우지 않고 돌아왔지만, 그녀는 그에 대한 어떤 말도 하지 않았다.

"이렇게 돌아와도 되는 것입니까?"

이선우는 이 역시 처음 겪는 일이라 어리둥절한 표정으로 물었다.

"이번 임무는 평소의 임무와는 다르다고 말씀드렸습니다. 그리고 무엇보다 임무보다 우린 우리 직원들의 안전을 우선으로 합니다."

이혜령은 이선우의 질문에 답하면서도 여전히 미소를 잊지 않고 있었다.

"기회는 옵니다. 우리에게 아무런 피해가 없이, 그를 잡을 수 있는 기회는 옵니다. 우린 그 기회에 맞춰 임무를 수행합니다. 그것이 이번 임무에 주어진 하나의 규칙입니다."

설서빈이 한 말 중, 일부를 이제야 듣게 되는 것이었다. 설서빈은 임무 수행에 앞서 이번 임무에 대한 정확한 정보를 듣고, 모든 것에 합의한 후에 움직이라는 말을 하였다.

그리고 지금 그중 하나를 듣게 된 것이었다.

"이제 우리가 잡아야 할 그놈을 보고 왔으니, 이번 임무에 대한 모든 것을 알려 드리겠습니다."

설서빈은 이혜령의 말이 끝나지 않았지만, 홀로 자리를 비우며, 3층 내부에 마련된 샤워실로 곧장 향해 갔다.

하지만 이혜령은 그녀의 행동에 대해 아무런 제재를 하지 않았고, 오로지 장태광와 이선우만을 보고 있었다.

"설서빈 씨는 이미 모든 내용을 알고 있다는 뜻이군요."

그녀의 행동만으로 짐작할 수 있기에 물었다.

"네, 설서빈 씨가 말하지 않던가요? 그녀는 이미 일주일 전부터 그놈을 감시하고 따라붙었습니다. 그러니 지금부터 제가 두 분께 드릴 말을 이미 다 듣고 움직이고 있는 중입니다."

이선우는 욕실로 향한 설서빈을 다시 보았다. 그리고 이번 임무는, 이미 이선우가 39층에서 30년 후의 미래에서 일어났던 임무를 수행 중일 때부터 이루어지고 있었던 임무였다.

"이번 임무의 첫 번째 조건은 무사고입니다. 즉, 아무리 그놈을 잡고자 한다고 해도, 우리 쪽에서 피해가 생기면 안 됩니다. 그것이 첫 번째 임무 목적입니다."

어떻게 생각하면 참 인간다운 목적이었다. 아무리 임무가 중요하다고 해도, 죽으면 말짱 도루묵이었다.

하지만 이번 임무는 무사고를 첫 번째로 할 만큼 시간보다는 기회를 더 중시하겠다는 뜻이었다.

"두 번째는 보수입니다. 이번 임무에서 주어진 놈을 잡게 되면, 개인당 보수로 1억 원이 주어집니다."

"네? 1억요? 설마 그 큰돈을 보수로 바로 주는 것입니까?"

이혜령의 말을 들은 후, 장태광이 놀란 눈을 한 채 물었다. 그는 자신의 입으로 이제 갓 입사했고, 아직 제대로 된 임무를 뛰어 본 적이 없다고 하였다.

하지만 그런 그가 이번 임무에 투입되었고, 그 첫 번째 임무에서 성공 보수로 1억 원을 받는다고 하니 놀라지 않을 수 없었다.

"네, 1억 원은 확정 금액입니다. 그리고 때에 따라 추가 금액도 있으니 이번 임무가 부디 무사고로 잘 마무리될 수 있도록 해 주십시오."

장태광의 눈빛이 달라졌다. 그리고 이선우의 눈빛도 달라졌다. 금액으로 따지면 경기도 외곽으로 작은 빌라를 하나 구입할 수 있을 정도의 아주 큰 금액이었다.

"하지만 보수에 대해 너무 연연하지 마십시오. 금액이 크다는 것은 그만큼 위험 요소가 많다는 것을 의미합니다. 그러니 다시 한 번, 무사고를 강조하는 것입니다."

이선우는 이번 선택에 대해 후회가 없기를 바라는 눈빛이었다. 그녀의 말처럼 죽으면 아무것도 없다. 비록 지난번 50층의 실장이 사원의 사후처리에 대한 보상 문제가 기록된 서류를 보여 주었지만, 그것은 자신이 죽고 난 뒤에나 받을 수 있는 보상이었다.

즉, 자신이 없는 가족에게 그 돈이 주어져도 가족은 행복하지 않을 것이었다. 그러니 무엇보다 임무 중, 아무런 사고 없이 다시 집으로 돌아가는 것이 최고였다.

"세 번째로 임무 기간은 정해져 있지 않습니다. 우리 쪽에서 그들을 모두 잡거나, 또는 포기를 선언할 때까지 이 임무는 계속됩니다."

세 번째 임무 기간에 대한 내용은 어찌 생각하면 좋을 수도 있으며, 나쁠 수도 있었다.

이번 임무에 투입되었으니, 결국 끝을 봐야 하는 것이었다. 그리고 그 끝이 언제가 될지 모른다는 말이었기에, 매일같이 불안과 두려움을 안고 출근을 해야 할지도 모른다는 것이었다.

"제가 드릴 말씀을 다 전해 드렸습니다. 궁금한 사항이 있으십니까?"

이혜령은 자신이 전할 말을 다 전하였고, 두 사람을 보며 질문 사항에 대해 물었다.

"중간에 포기도 가능합니까?"

장태광이 물었다. 이 질문은 이선우가 먼저 하려던 질문이었다.

"네, 가능합니다. 중도에 포기할 수 있는 조항은 어느 임무에도 다 있습니다. 다만 이번 임무 중의 중도 포기는 다른 임무와는 달리, 임무에 투입된 기간에 비례하여 일정의 보수를 지급합니다."

장태광은 답을 들은 후, 미소를 지었다. 결국 하루를 투입된 후 포기하고 나가더라도 보수가 지급된다는 말이니, 결코 손해 보는 장사는 아니라는 판단을 내린 그였다.

"이선우 씨는 질문이 없습니까?"

의외로 다른 질문을 하지 않는 그에게 이혜령이 직접 물었다.

"네, 지금 현재는 없습니다. 하지만 앞으로 여러 가지 궁금증이 생길 것 같습니다."

"네, 그때마다 물어보셔도 됩니다. 답변은 언제든지 해 드리니까요."

이혜령은 또 웃었다. 그녀는 신중한 부분에서도 언제나 웃었다. 그것이 그녀의 매력일지 모르지만, 어떤 때는 그녀의 미소가 오히려 더 독이 될 수도 있다고 여겼다.

"그럼 오늘은 이만 임무를 마치겠습니다. 이대로 퇴근하시고, 내일 오전 9시에 뵙겠습니다."

아침에 출근하고 고작 3시간 정도를 회사에 있었던 것 같았다. 그런 짧은 시간을 근무하고 집으로 향하려니 괜히 불편한 생각이 들었다.

"일찍 끝났으니 우리 퇴근길에 낮술 한잔할까요?"

이혜령의 퇴근 명령에 곧바로 샤워실 문이 열리며, 아직 물기가 마르지 않은 설서빈이 수건으로 머리를 닦으며 말했다.

"낮술 좋죠."

장태광은 대환영이었다.

"이선우 씨는요? 약속이라도 있으십니까?"

"아닙니다, 저도 좋습니다. 가죠."

아직 집에 가기에는 너무나 이른 시간이었다. 그렇다고 이 시간에 술집에 들어가 술을 먹는 것도 이상했지만, 함께 팀이 된 두 사람과 서로 의견을 나누며 팀워크를 맞춰 보는 것도 나쁘지 않다고 여겼다.

"실장님도 가시죠."

이선우가 이혜령을 보며 말했다.

"아닙니다. 난 아직 기다려야 하는 직원이 있습니다."

이선우는 실수하였다. 자신들이 임무를 끝내고 빨리 돌아왔다고 하지만, 이번 임무에 투입된 사람은 총 여덟 명이었다. 그리고 지금 아직도 임무를 수행하고 있는 다섯 명이 남은 상황이었고, 이혜령은 그 모두를 총괄하는 실장이었다.

"그럼 우리 먼저 가 있겠습니다. 혹시나 투입된 사원들이 돌아온다면 연락 주십시오. 이 앞에서 마시고 있겠습니다."

설서빈이 그녀에게 말했고, 그녀가 이끄는 대로 두 명

의 건장한 사내는 그저 따라가기만 하였다.

세 사람은 회사 인근에 있는 작은 호프집으로 향하였다. 이제 오후 1시가 다 되어 가고 있는 시간에 문을 연 호프집이 있을 것이라고는 생각지도 못한 이선우였다.

"안주가 나오기 전에, 미리 말씀드릴 것이 있습니다."

세 사람이 자리 잡아 앉은 후, 설서빈이 안주를 주문하였고, 곧바로 두 사람을 보며 말했다.

"이번 임무는 변수가 많을 것입니다."

"변수라면…… 구체적으로 무엇을 말씀하시는 것입니까?"

설서빈이 두 사람을 보며 말하자, 이선우가 바로 물었다.

"이미 아시겠지만, 그들은 우리와 같은 시간의 틈을 이용하여 과거와 미래를 가는 놈들입니다. 즉, 우리처럼 회사에서 누군가 현재의 시간으로 다시 당겨 주는 사람이 있다면, 그놈을 잡는 것은 결코 쉬운 일이 아닐 것입니다."

설서빈의 이 한마디는 많은 생각을 하도록 만들었다. 그녀의 말처럼 누군가 놈을 당겨 준다면, 그가 위험할 때 소환신호를 보내 그곳으로 날아가 버리는 것으로 그를 놓친다는 말이었다.

"하지만 지금까지 지켜본 결과, 우리처럼 누군가 뒤에서 받쳐 주는 사람이나 기관은 없는 것으로 보입니다. 즉, 어떤 미래에서 추방당했거나, 아니면 그곳 시대에서 범죄자일 가능성이 크다는 것입니다."

그저 단순한 임무가 아니라는 것은 이미 알고 있었지만, 점점 더 판이 커져 가는 기분에 이선우의 표정도 그리 밝아지지 않고 있었다.

곧 세 사람의 앞으로 시원한 생맥주가 나왔고, 설서빈이 먼저 들어서 건배를 권하였다.

"역시! 대낮에 먹는 이런 술이 제대로라니까!"

시원한 생맥주를 한 번에 3분의 2까지 다 마셔 버린 설서빈이 잔을 내려놓으며 말했다. 두 사내의 눈은 그녀에게로 향한 뒤, 잠시 멍하게 그녀를 보고 있었다.

"두 분께서는 뭐 하실 말씀이 없으십니까?"

그녀는 안주가 아직 나오지 않은 상황에 남은 맥주마저 다 마신 후, 두 사람을 보며 물었다.

"난 다른 말을 하지 않겠습니다. 그냥…… 죽지만 마십시오. 죽지 않고 이번 임무를 잘 완수하여, 거창하게 한잔 더 합시다."

"좋지요!"

장태광의 말에 설서빈은 빈 잔을 높이 들며 말했고,

곧 또 한 잔의 맥주가 배달되었다.

"이선우 씨는 할 말이 없습니까?"

다시 온 맥주도 이미 반잔을 다 비운 후, 그에게도 물었다.

"아직 얼떨떨해서 무엇을 말하고 물어봐야 할지 모르겠습니다. 그러니 오늘은 시원하게 맥주를 마시고, 임무에 대한 말은 되도록 삼가는 것이 어떻습니까?"

이선우는 맥주를 들어 건배를 권하며 말하였고, 곧 두 사람은 이선우를 빤히 보았다.

"하…… 마치 지난날 회식이 생각나네요."

그의 말에 장태광이 맥주 한 모금을 마신 후, 과거를 떠올리는 듯한 말을 하였다.

"제가 다니던 회사에서 회식을 하는데, 회식 자리에서 회사 이야기가 단 한 마디라도 나오면 그것 업무의 연장이라고 하였습니다. 하지만 사적인 이야기를 나누면 그것은 말 그대로 그냥 회식이라고 하였습니다. 지금 이선우 씨가 한 말처럼 우린 회식을 하는 것이지 업무 연장을 하고 싶은 생각은 없습니다. 그렇지 않습니까?"

장태광은 이선우의 단 한마디를 아주 거창하게 해석하며 말했고, 이선우는 어색한 미소를 지으며 그의 말에 긍정적인 답변을 해 주었다.

"자, 그럼 내일 봅시다."

낮부터 마셔서 그런지, 꽤 마신 것 같았지만 이제 고작 오후 5시가 조금 넘어가는 시간이었다.

하지만 이미 기분 좋게 취한 상태이기에, 세 명 모두 2차는 생각하지 않고 각자의 집으로 바로 향하였다.

"어머. 여보, 술…… 드셨어요?"

이선우가 집에 들어서자, 아내는 그의 붉어진 얼굴과 몸에서 나는 알코올 향을 바로 알고 물었다.

"아…… 그래. 나 오늘 좀 마셨어."

"무슨…… 일 있으세요?"

생전 하지 않던 낮술을 다 마시고 들어오는 이선우를 보며 아내가 걱정 어린 눈빛을 한 채 물었다.

"아니야 아무 일 없어. 그냥 오늘 새로운 팀원들을 만났는데, 어찌나 마음에 다 들던지. 기분 좋아서 한잔했어."

이선우는 아내가 괜한 걱정을 할까 하여 환하게 웃으며 말했고, 그의 표정과 어투를 들은 아내는 그제야 안심하는 듯한 표정을 지었다.

"식사는요?"

"식사? 아…… 얼큰한 라면이 막 당기는데, 혹시 라면 있어?"

"네, 앉아 계세요. 바로 해 드릴게요."

아내는 부엌으로 바로 향하였고, 이선우는 식탁으로 향하여 앉았다.

"애들은?"

"학원 갔어요. 곧 올 때가 되었는데……."

탈칵.

아내의 말이 끝나자마자 현관문이 열리며 두 아들이 동시에 들어섰고, 자신들보다 먼저 와 있는 이선우를 보며 잠시 어리둥절한 표정을 지었지만, 이내 가방을 휘리릭 던지고 난 뒤에 이선우에게 바로 달려들었다.

"하하하. 이놈들 대체 뭘 먹이는 거야? 하루가 다르게 힘이 부쩍 강해지는데, 이제는 내가 이기지도 못하겠어."

이선우는 두 아들의 힘에 의해 거실 바닥에 드러누우며 말했고, 아내는 미소를 지었다.

"아빠는 이제 우리보다 힘이 약하니까. 우리가 아빠를 지켜 줄게요."

지민이 드러누워 있는 이선우를 보며 말했다. 그리고 이선우의 눈빛은 지민에게로 향하였다.

마냥 어릴 것이라 여겼던 아들의 입에서 이제는 아빠를 지켜 준다는 말이 나오자, 한편으로 행복했지만 또 한편으로는 두렵기도 하였다.

행복감은 아이가 부쩍 자라나 가족을 위할 수 있게 되

었다는 것이었다. 반면 그 아들이 이제는 세상의 흐름을 알고 언젠가는 이 세상을 살아가며 아파해야 하기에, 그 것에 대한 두려움이 앞서고 있었다.

"어서 씻고, 오늘은 우리 가족 모두가 한자리에 앉아 저녁을 먹을까?"

"네, 좋아요! 어서 씻고 올게요."

"아빠도 아직 씻지 않았는데, 오랜만에 우리 삼부자. 홀러덩 벗고 목욕을 해 볼까?"

"네! 아빠!"

마치 이선우의 이 말을 기다렸다는 듯, 두 아들은 큰 목소리로 답하곤 신나게 옷을 홀러덩 벗고 있었다.

순식간에 세 남자는 알몸이 되었고, 또다시 아내만 외톨이가 되는 듯한 기분을 잔뜩 던져 주고 욕실로 향하였다.

"당신도…… 들어올 테면 들어와 봐. 하하하."

이선우는 아내를 놀리는 듯한 말을 한 뒤, 큰 소리로 웃었고, 곧 욕실 문을 닫았다. 그러곤 두 아들과 큰소리로 웃으며 씻기 시작하였다.

털컥.

그리고 잠시 후, 욕실 문이 서서히 열리고 있었다. 세 남자는 열리는 욕실 문을 보았다.

"어…… 엄마!"

욕실 앞에는 아내가 서 있었고, 이내 욕실로 후다닥 달려 들어왔다.

"들어오라면 누가 못 들어올까 봐요? 이래뵈도 내가 이 세 남자의 몸을 가장 많이 본 여자인데, 나를 무시해요."

아내는 욕실로 들어서자마자 샤워기를 들어 세 남자에게 뿌리며 말했고, 세 남자는 생각지 못한 아내의 반격에 의해 욕실 구석으로 몰려 물벼락을 맞고 있었다.

"잘 자라."

모처럼 온 가족이 모여 목욕을 하고, 저녁은 라면을 먹었다. 그리고 아이들이 일찍 잠에 들었고, 이선우는 아이들의 머리를 쓰다듬으며 말했다.

"우리도 잘까?"

이선우는 아내를 보며 느끼한 표정을 지으며 말했고, 아내는 어쩐 일인지 그의 느끼한 표정을 받아 주었다.

Episode 5

Chapter 2

“여보, 출근해야죠.”

다음 날. 이선우가 늦잠을 잤다. 회사에 들어간 후, 늦잠과는 거리가 멀었던 그가 어쩐 일인지 오전 8시가 될 동안 잠에서 깨지 못하고 있었다. 아내도 아침에 아이들을 보내느라 정신이 없어 이선우를 깨우지 못하였다.

이선우는 부랴부랴 일어나 간단하게 양치와 함께 세수를 하고 옷을 챙겨 입은 뒤 신발장 앞에 섰다.

“다녀올게.”

“미안해요, 여보. 내가 아이들한테 너무 정신이 팔려서…….”

“아니야. 당신 잘못 아니니까 신경 쓰지 말고. 나 다녀올게."

"네, 조심하세요."

이선우는 서둘러서 회사로 향하였고, 곧 승강기를 타고 지하 39층으로 향하였다.

"좋은 아침입니다."

이선우는 평소와 다름없이 인사하였지만, 모두가 그를 보는 눈빛이 달랐다.

"왜…… 다들 그런 눈으로 보십니까?"

이유를 알 수 없어 물었다.

"이선우 씨는 당분간 지상 3층으로 가셔야 하는 것 아닙니까?"

"아…… 맞다. 이런 내 정신 좀 보게……. 죄송합니다, 실장님."

실장의 말에 이선우는 그에게 몇 번이나 다시 인사한 후, 승강기를 타고 지상 3층으로 향하였다.

띵.

3층에 도착하자마자, 어제와 같이 그를 반기는 사람은 이혜령이었다.

"어제 하루는 즐거우셨나요? 제가 좀 일찍 끝났으면 가려고 했는데, 마지막 팀이 오후 9시가 넘어서야 오는 바람에 가지 못했습니다."

"네? 9시요?"

이선우는 그녀의 말에 잠시 당황한 눈빛을 한 채 물었다. 이 회사는 근로기준법을 준수하기에 하루 8시간 근무를 지킨다고 하였다. 하지만 오후 9시에 복귀한 팀은 그 시간을 초과한 것이었다.

"네, 아홉 시에 왔습니다. 그것도 모두 지친 몸으로 겨우 돌아온 시간이었습니다."

"모두라고 하시니, 두 명이 한 팀인 곳이군요. 두 분이 그리 힘들게 잡는 놈인데, 혼자 하시는 분은 더욱더 힘드실 것 같습니다."

이선우는 근로 시간을 떠나, 두 명이서도 한 사람을 잡지 못해 녹초가 되어 왔다는 말이 귀에서 떠나지 않고 있었다. 그리고 혼자 하는 사람들이 떠올랐다.

누군가와 의논할 수도 없고, 그렇다고 무작정 그를 잡을 기회가 생길 때까지 기다릴 수도 없으니, 그 사람은 무척 힘들 것이라 여겨졌다.

"오늘은 이선우 씨가 가장 늦게 오셨습니다. 그러니 서둘러서 현장으로 가도록 하겠습니다."

"네? 저 혼자 말입니까?"

이 상황 또한 이해 가지 않아 물었다. 세 명이 한 팀인데, 서로 각자 도착한 시간에 따라 현장 투입도 가지각색

이 되는 것이었다.

"네, 이미 두 사람은 현장에 갔습니다. 그러니 서둘러 이동하여 힘을 보태야죠."

이혜령의 말에 이선우는 어색한 미소를 지은 뒤, LED 위로 올라섰다. 그가 자세를 잡자마자, 이혜령은 아무런 말없이 곧바로 그를 현장으로 보내 버렸다.

"하…… 매정하네."

어찌 생각하면 참으로 차가운 여인이었다. 임무 수행을 위해 나서기 전, 힘내라는 말이나 기타 응원의 말 한마디는 실장의 기본이라 여겼다.

하지만 그녀에게 그런 것은 그냥 사치였다. 주어진 시간에 주어진 임무를 제대로 해야 하는 것만이 그녀가 할 수 있는 것처럼 보였다.

"이선우 씨! 그냥 직진!"

이선우는 어느 도심의 번화가 중앙에 서 있었고, 누군가 자신에게 바로 움직이라는 말을 하는 것처럼 들렸다.

이선우는 곧바로 자신의 귀에 손을 얹었다.

"이어마이크?"

그리고 손에 잡히는 것을 느꼈다. 이어폰이 귀에 꽂혀 있었고, 그 아래로 선이 연결되어 있었다.

이선우는 지금 자신에게 말하고 있는 사람은 설서빈이

라 생각하고 주변을 둘러보았다.

"뭐 해요? 어서 그냥 직진요."

설서빈의 다급한 목소리가 다시 들렸다. 그리고 곧바로 이선우의 옆으로 어제 본 그 사내가 지나쳐 가고 있었다.

이선우는 그 순간 심장이 멈추는 듯한 기분을 느꼈다. 어제는 거리가 멀어서 느끼지 못한 기분일 수도 있었다.

하지만 조금 전. 단지 자신의 옆을 지나쳐 갔을 뿐인데도, 그의 기세는 이선우의 모든 몸을 다 얼어붙게 만들어 버렸다.

"괜찮아요?"

그 자리에서 멍하니 서 있는 이선우를 보며 장태광이 무전을 통해 물었다.

"네? 아, 네…… 괜찮습니다."

"뭐가…… 괜찮다는 말인가?"

"……!!"

이선우는 장태광의 물음에 답하였다.

하지만 그 순간 이선우의 바로 옆에서 굵직하면서 묵직한 어투가 들려왔고, 이선우는 그의 목소리에 다시 한 번 심장이 멈추는 느낌이 전해지고 있었다.

"말해 봐라. 뭐가 괜찮다는 것인가?"

사내가 이선우의 앞으로 자리를 옮기며 다시 물었다.

"누…… 누구십니까? 누구신데 나에게 그런 질문을 하는 것입니까?"

"말을 더듬거리는군. 즉 나를 알고 있다는 말이고. 넌 누군가? 너도 나를 잡기 위하여 온 놈인가!"

"……!"

그의 목소리가 갑자기 커졌다. 그리고 그는 곧바로 이선우의 목을 잡은 후, 빠르게 들어 올렸고, 다시 그대로 땅을 향해 내려찍으려 하였다.

"이선우 씨!"

장태광이 그의 이름을 부르며 모습을 드러냈고, 그의 시선은 장태광에게 돌아섰다. 하지만 이선우를 내려찍는 속도는 변함이 없었다.

탁!

사내가 이선우를 거꾸로 들고 머리부터 내려찍으려 하였다.

이에 이선우는 자신의 머리가 바닥에 닿기 전에 두 팔을 머리 위로 뻗어서, 그가 내려찍는 힘을 완충하여 살며시 머리를 바닥에 부딪히는 것으로 그의 손을 빠져나왔다.

"괜찮습니까?"

장태광이 곧 그의 옆으로 다가와 붙으며 물었다.

"네, 괜찮습니다. 그런데 저놈의 힘이 장사입니다. 어떻게 나를 한 손을 들어 올릴 수가 있는지 모르겠습니다."

이선우는 어리둥절한 표정을 지으며 말했다.

"지금은 그런 것을 생각할 때가 아닙니다. 무조건 뒤로 뛰십시오, 저놈이 이미 우리를 타깃으로 잡았다면 끝까지 따라올 것입니다."

장태광의 말에 이선우는 그를 쏘아보았다. 그리고 서서히 뒤로 한 발 한 발 물러서기 시작하였고, 사내의 걸음도 그들은 걸음에 맞춰 앞으로 움직이고 있었다.

사람들은 그저 불구경하듯 보고만 있었다. 그 누구 하나 경찰에 신고하는 이가 없었고, 오히려 사내가 한 발 한 발 움직이자, 그 움직임에 맞춰 사람들도 함께 이동하는 모습이었다.

"실장님이 말했습니다. 그 어떤 것보다 죽는 것은 안 된다고요. 그건 우리뿐 아니라 저기 있는 민간인들도 마찬가지입니다."

곧 설서빈도 모습을 보이며 말했다. 그녀의 말처럼 희생은 없어야 한다. 하지만 지금 그 사내의 옆으로는 너무나 많은 민간인이 싸움 구경을 하기 위하여 함께 이동하고 있었다.

"어쩔 수 없겠습니다. 한적한 곳으로 놈을 유인할 테니, 빠르게 이동하겠습니다."

설서빈의 말에 두 사내가 서서히 움직이든 걸음을 점차 빠르게 하였고, 곧 전력질주를 방불케 할 정도로 전속력을 다해 두 남자가 달리기 시작하였다.

"하찮은 것들…… 아직도 나를 죽이고자 사람을 보내는 것인가?"

사내는 그들을 따라붙지 않은 채 홀로 중얼거렸다.

"따라오지 않습니다. 이렇게 되면 그놈을 따로 불러서 치는 것은 어렵지 않을까요?"

이선우의 말처럼 사람들이 많은 곳에서는 그를 상대할 수 없는 노릇이었다. 만에 하나 민간인이 다치게 되면 이 모든 것이 다 들통 날 수도 있는 상황까지 갈 것이었다.

"녀석이 이미 이 바닥 룰을 제대로 활용하고 있는 것 같습니다. 자신을 잡기 위하여 미래에서 왔던 그들도 민간인 피해가 없도록 하기 위하여 사람들이 모여 있는 곳에서는 저들을 잡지 못한 모양입니다."

이선우가 그의 행동을 보며 말했다.

"그럴 수도 있겠네요. 자신을 잡기 위해 온 사람들은 민간인 때문에 제대로 된 힘을 발휘하지 못하였을 수도 있었던 상황이었네요."

세 사람은 조금 떨어진 곳에서 다시 사내를 향해 시선을 집중하였다.

"이래저래 난처하군요. 우리는 저 도심 속으로 들어가서 저놈을 잡을 수 없고, 저놈은 또 저 속에서 나오지 않으려 하니 말이에요."

설서빈이 난처한 표정을 지으며 말했다.

"이렇게 하면 어떻겠습니까?"

모두가 골똘하게 생각하고 있을 때, 이선우가 두 사람을 보며 말했다.

"제가 이 임무에 투입되기 전, 39층의 실장님이 보여주신 자료가 있었습니다. 그 자료에는 이들이 과거의 어느 시점에서 임무 중인 우리 회사 직원들의 활동 사진에 찍혀 있었다고 하였습니다."

이선우의 말에 두 사람도 그 말을 아는지 고개를 끄덕거렸다.

"이곳에서 저들이 따라오지 않는다면, 우리가 저들을 따라오게 만들면 되지 않겠습니까?"

"저들이 올 수 있는 과거로 간다? 뭐, 이런 말입니까?"

이선우의 말이 끝난 후, 장태광이 다시 물었다.

"네, 저들이 어떤 목적을 가지고 있는지 알 수 없다고 했으니, 사실 어느 과거로 가야 저들이 따라붙는지는 알 수 없습니다. 하지만 그렇게 하지 않는 한, 저놈을 도심

속 사람들 속에서 떼어 놓기는 어려울 것 같습니다."

이선우의 말을 두 사람은 다시 생각하였다. 충분히 일리가 있는 말이며, 시도해 볼 만한 말이었다.

"일단 복귀하겠습니다. 그리고 이선우 씨의 말처럼 시도해 보죠."

설서빈이 이선우의 말에 동의하였고, 곧 실행에 옮기기 위하여 다시 회사로 돌아갈 준비를 하였다.

파앗!

순식간이었다. 조금 전까지 도심 속에서 그놈을 보고 있었지만, 어느새 회사로 돌아와 LED 위에 세 명이 서 있었다.

"무슨 일입니까?"

임무에 투입된 지 얼마 지나지 않은 시간에 바로 소환되어 돌아오니, 이혜령이 그 이유를 물었다.

설서빈은 이혜령에게 이선우의 생각을 그대로 전하였고, 그녀는 이선우를 보았다.

"우리도 지금 저들의 모습이 찍힌 그 과거의 어느 시점을 모두 분석하고 있었습니다. 그리고 그 공통된 요소를 찾았습니다."

이혜령은 이에 대한 말을 일체하지 않았지만, 이선우는 지금 회사에서 하고 있었던 업무를 두 사람에게 말한 것이었다.

"오늘 임무를 마치고 돌아오면, 내일은 과거의 어느 시점으로 여러분을 보내려 하였습니다. 그리고 그놈이 따라붙으면 그곳에서 놈을 잡을 생각을 하였습니다."

이혜령은 다시 한 번 계획에 대해 말해 주었고, 세 사람을 고루 보았다.

"어차피 다시 소환되었으니, 우리가 확인한 그 시점으로 다시 보내 드리겠습니다. 그리고 그놈이 따라붙는다면, 그 순간부터는 절대 그놈을 놓쳐서는 안 됩니다."

이혜령이 세 사람을 한 번씩 보며 말한 뒤, 마지막으로 이선우를 향해 보며 말하자, 이선우는 갑자기 심장이 쿵쾅거리며 빠르게 뛰는 듯하였다.

"지금 바로 시작하겠습니다, LED 위로 서 주십시오."

하루에 두 번이나 LED를 이용하여 시간 여행을 하는 것은 오늘이 처음이 이선우였다.

"시작하겠습니다."

팟!

역시 매정하다고 할 정도로 말이 없는 이혜령이었다. LED 위에 올라서자마자, 다른 말은 일절 없는 대다 세 사람을 제대로 보지도 않은 채, 세 사람을 모두 어느 과거 지점으로 보냈다.

"이곳은 어디쯤일까요?"

세 사람이 도착한 곳은 어두웠다. 밤이라 어두운 것이
아니었다. 목소리가 울리며 물이 떨어지는 소리가 들리는
것으로 보아, 지하나, 아니면 동굴 속과 같은 느낌이었다.

"일단 빛이 있는 곳으로 나가 보겠습니다."

장태광의 말에 설서빈이 아무것도 보이지 않는 주변을
둘러보며 말했지만, 한 치 앞도 보이지 않아, 제대로 된
걸음을 할 수가 없었다.

"저를 따라오십시오."

하지만 그 어둠 속에서도 이선우는 길을 찾아 이동하
였고, 두 사람을 향해 말하자, 두 사람은 그가 어디에 있
는지도 몰랐다.

이선우는 곧 손을 뻗어 한 손에는 설서빈의 손을 잡고,
다른 한 손으로는 장태광의 손을 잡았다.

그리고 어둠 속을 천천히 걸어 나가자, 약 10분 후,
저 멀리서 빛이 보이고 있었다.

"정말 신기하네요. 그 어둠 속에서 어떻게 그리 잘 보
였습니까?"

빛을 보며 점차 밝아져, 손을 잡지 않고도 이동이 가
능하게 되자, 설서빈이 물었다.

"저도 정확하게 이유는 알 수 없습니다. 하지만 앞선

임무에서 처음에 짙은 어둠으로 볼 수 없었던 곳을 그다음에는 비교적 자세히 볼 수 있었습니다."

이선우는 앞선 임무에서 Human―2050A가 있던 곳을 이택수와 처음 갔을 때는, 한 치 앞도 보이지 않아 그의 손을 잡고 이동하였었다.

하지만 다시 갔을 때는 똑같은 어둠이었지만, 자신 앞에 Human―2050A가 있다는 것을 바로 알아보았었다.

그 이유는 알 수 없지만, 지금도 그 시야는 유효한 순간이었다.

"와우, 대단하네요."

빛을 따라 걸어오자, 곧 동굴 밖으로 나오자 장태광이 감탄사를 연발하였다.

세 사람의 눈에 보인 것은 울창한 숲과 인근에 몇 가옥이 모여 있는 작은 마을이 보였다.

"정조 22년의 조선시대입니다."

설서빈이 작은 마을 내려다보며 말했다.

이선우는 정조 6년에 해당하는 그 시대에 임무를 수행한 적이 있었다.

"아마도 이곳으로 보낸 이유가 있겠죠. 그러고 보니 오랜만에 과거로 오는 여행이네요. 제가 한 5년 전인 정조 17년에 해당하는 시대에 임무를 수행코자 온 적이 있었습니다."

설서빈이 산을 내려가기 시작하며 말했다.

"저도 정조 6년에 해당하는 때에 임무를 수행한 경험이 있습니다."

"그래요? 하긴 정조 대왕께서 참 많은 고생을 하셨죠. 아무튼 내려가 봅시다. 이혜령 실장이 이곳으로 보냈다면 그놈이 이곳으로 올 수도 있을 확률이 높다는 것인데…… 저 마을 어딘가에 먼저 와 있을 수도 있겠죠."

설서빈은 경력자답게 성큼성큼 걸어서 산을 내려가며 말했고, 두 사내가 그녀의 뒤를 따라 이동하였다.

"실장님. 임원분들이 회의를 소집하였습니다."

한편, 세 사람을 정조 22년의 시대로 보낸 뒤, 뭔가 골똘하게 생각하고 있던 이혜령에게 한 사내가 다가와 말했다.

"그래? 가 봐야지."

그녀는 곧장 임원들이 보여 있다는 회의실로 향하였고, 그녀가 회의실 인근에 도착하자, 50층의 실장이 그녀를 안내하며 회의실로 들어섰다.

"무슨 일인지 알아?"

이혜령은 50층의 실장에게 물었다.

"들어가면 무슨 말을 하는지 알겠지."

50층의 실장은 그녀의 물음에 웃으며 말하였고, 곧 안으로 들어섰다.

회의실에는 역시 회장을 제외하고 회사의 웬만한 임원들은 모두 모여 있었다.

"이혜령 실장, 앞으로 서십시오."

한 사내가 그녀를 부르며 말하자, 그녀는 둥글게 회의 테이블이 놓여 있는 중앙으로 이동하여 섰다.

"지금 임무에 대해 변화된 부분을 말해 주겠습니다."

"변화된 내용요?"

이혜령은 한 임원의 말에 그를 쏘아보듯 매서운 눈빛을 하며 물었다.

"지금 이혜령 실장이 임무를 맡은 정체 모를 미래여행자들에 대한 변화입니다."

한 사내가 자리에서 일어섰고, 곧 빔프로젝트가 연결된 화면을 재생시켰다. 그러곤 한 계단 정도 높은 곳으로 올라서서 임원들과 이혜령을 보며 선 뒤 말했다.

"총 다섯 명이었지만, 우린 이 시간부로 그들의 수장인 이석호만을 잡습니다."

"무슨 말입니까? 다른 네 놈은요? 그놈들도 수장과 똑같은……."

"그 네 명은 지금 이 시간부로 미래의 관계자들이 잡을 것입니다. 하여 우리는 이석호만을 목표로 합니다."

이혜령의 말이 끝나지 않았지만, 그는 자신이 할 말만을 하며 그녀의 말을 무시하는 듯하였다.

"그러니 지금 투입된 인원 중, 네 명을 쫓는 인원은 바로 소환 처리합니다. 또한 이석호를 쫓는 인원은 그를 잡을 때까지 소환 처리하지 않겠습니다."

"……!"

충격이었다. 네 명을 쫓는 이들을 다시 불러들인다는 것은 괜찮았다. 하지만 조금 전 과거로 투입된 세 명은 다시 불러들이지 않는다고 하니, 놀란 눈을 어찌하지 못하는 이혜령이었다.

"그들은…… 가족들에게 아무런 말을 하지 못하고 임무에 투입되었습니다. 그것도 아주 먼 과거로 갔습니다. 그런데 돌아오지 못한다? 임무 완수가 아니면 돌아오지 못한다는 것이 말이 됩니까?"

이혜령은 도저히 납득할 수 없어, 그를 보며 조금은 격한 억양으로 물었다.

"이건 미래의 관계자와 이미 나눈 내용을 결정한 것입니다. 단지 그 전달이 조금 늦어진 것뿐이지요. 어차피 그놈을 잡고자 하는 것이 목표이니, 그들이 이석호를 잡아 돌아와도 상관없지 않습니까?"

변한 내용을 발표하던 사내는 이혜령의 말에 아랑곳하지 않고, 오히려 그녀를 똑바로 보며 자신의 잘못이 없음을 강조하였다.

이혜령은 그와 말이 통하지 않으니, 자리에 앉아 있는 임원들을 향해 시선을 돌렸다.

하지만 그들의 눈빛도 마찬가지였다. 이들은 현재 사원보다, 이 임무에 대한 완수 보상에 더 큰 관심을 가지고 있는 것으로밖에 보이지 않았다.

임무 수행을 진행하는 사원들이 각기 1억 원이라는 보상을 받으니, 회사에는 얼마나 큰 금액이 보상으로 주어질지는 보지 않아도 훤히 보이고 있었다.

"난 내가 거느렸던 사원들에게 무책임한 행동을 해 본적이 없습니다. 회사의 뜻이 그렇다면, 나 또한 지금 당장 그 시대로 가서 회사의 뜻을 전하겠습니다."

이혜령은 모두를 독한 눈으로 보며 말한 뒤, 회의실을 나섰다.

"저런 당돌한……."

임원 중 한 명이 그녀의 행동을 보며 쓴 표정을 지은 뒤 말을 흐렸고, 곧 여러 임원들도 그와 마찬가지로 이혜령을 탐탁지 않게 생각하고 있었다.

"경솔했어."

그녀가 회의실을 나오자마자, 얼마 가지 못해 50층의 실장이 따라붙으며 말했다.

"너 같으면? 너 같으면 그 상황에서 가만히 있겠어?"

이혜령은 그를 보며 물었다.

"나 같으면? 난 이렇게 하지 않아. 나 같으면 회의실을 다 엎고 나왔지. 세상에 지 새끼들 아니라고 저리 쉽게 말하는 놈들에게는 이 회사에 얼마나 무서운 놈들이 많다는 것을 한번쯤 느끼도록 해 줘야 한다니까."

50층의 실장은 웃으며 말했고, 곧 그녀의 어깨에 손을 올린 뒤 그녀를 데리고 지상 3층의 사무실로 바로 이동하였다.

"이혜령 실장에 대한 징계를 검토하세요. 우리 회사에서는 그 어떤 상황에서도 하극상은 존재할 수 없습니다."

"알겠습니다, 부장님."

약 오십대 중반의 사내가 자리에서 일어서며 말하자, 현재의 임무에 대한 보고를 하였던 사내가 고개 숙여 답하였다.

그리고 곧 회의실 안에 있던 임직원들이 모두 회의실을 나서고 있었다.

"어차피 너와 나 모두가 돌아이였으니, 이번에도 한 번 돌아이 짓 해 보자."

50층의 실장은 지상 3층으로 올라온 뒤, 그녀를 LED 위로 올려놓으며 말했다.

"넌 왜 끼어들어? 징계를 먹어도 나 혼자 먹으면 되는 것인데……."

"누군가는 너를 과거의 그 시점으로 보내 줘야 할 것 아니야. 그리고 다시 소환하는 일도 해야 하고, 그래서 그 번거로운 임무를 내가 대신 해 주겠다는 거다. 그러니 사양하지 말고 그냥 받아."

50층의 실장은 이혜령의 어깨를 토닥거리며 말한 뒤, 조금 떨어진 곳에서 LED 위에 올라선 그녀를 보며 섰다.

"잘 다녀와. 특히…… 이선우 씨 좀 잘 부탁한다. 나머지는 자신들이 다 알아서 잘하니 걱정하지 않는데, 이선우 씨는 걱정이다. 그러니 부탁해."

50층의 실장은 그녀에게 이선우를 부탁하였다. 자신이 직접 데리고 들어온 직원. 그리고 자신의 기대에 200% 이상 부응한 직원. 앞으로 있을 폭풍 속을 잘 뚫고 나갈 수 있는 직원. 그 직원이 바로 이선우가 될 것이라 생각하는 실장이었다.

"지금 이 시간부로 너희 팀의 관리는 우리 50층에서 아무도 모르게 자체적으로 진행할 것이야. 그러니 위험하거나, 기타 필요한 것이 있다면 연락해."

이혜령은 그를 보았다. 그리고 미소를 지었다. 이미 회사에서 투입된 사원을 다시 불러들이지 않겠다는 뜻을 내비쳤다.

그런 와중에 그들을 지원하고 돕는 것은 엄연한 사칙 위반이기에, 징계 수위도 높을 것이었다.

하지만 50층의 실장은 아랑곳하지 않은 채 그녀에게 손을 흔들며 인사하였고, 곧 그녀를 정조 22년으로 보내주었다.

"이미 시작되었다. 그러니 제대로 된 놈들이라도 뭉쳐서 점차 미친 짓을 시작하는 이 회사를 바로잡아야 하지 않겠는가."

50층의 실장은 그녀를 보내고 난 뒤, 홀로 남은 사무실에서 중얼거렸다.

그의 말, 언젠가 이선우에게 했던 말이기도 하였다. 하지만 이선우는 기억하지 못할 것이었다.

"이혜령이 직접 과거로 갔습니다. 그리고 예상대로 이석호가 세 명의 뒤를 따라 과거로 이동하였습니다."

한편 임직원들은 따로 전산을 관리하며 그들의 동태를 살폈고, 곧 한 직원이 아침에 브리핑을 한 사내에게 보고하였다.

　"민태석 대리."

　"네, 부장님."

　곧 그의 뒤로 이혜령의 징계를 운운하였던 부장이 다가서며 그의 이름을 불렀다.

　"자네도 알겠지만, 이 일은 극비이네. 절대 회장님께서 아시면 안 되고, 또 경영실장님이 아셔도 안 되네. 만에 하나 그 두 사람이 알게 되는 날에는 이 모든 것을 계획한 우리의 목이 먼저 떨어져 나갈 것임을 명심하게."

　"알겠습니다. 걱정 마십시오, 부장님."

　부장은 그의 어깨를 토닥거리며 말한 뒤, 다시 한 번 주변을 둘러보며 사무실을 나섰다.

　"모두 들었는가? 이 일은 극비이니, 절대 외부에 발설해서는 안 된다. 또한 지금부터 단 한시라도 현장에 투입된 직원들의 동태를 놓치지 마라."

　"알겠습니다."

　민태석은 입가에 미소를 지으며 사무실의 직원들에게 말했고, 직원들은 모두 큰 소리로 답하며 그를 보았다.

　"언젠가는 변화를 시도해야 하는 것입니다. 그것이 지

금부터라고 생각하십시오, 회장님."

부장은 민태석을 만나고 난 뒤, 어디론가 향하며 중얼거렸다.

"하…… 오래만이네."

한편, 이혜령은 50층의 실장의 도움으로 세 사람이 있는 과거로 돌아갔다.

그녀는 단지, 아무것도 모르고 임무에 투입된 세 사람에게 조금 전 회사에서 결정된 내용을 전달해 주기 위함이었다.

단지 그 이유뿐이었다.

"마을에 사람이 없네. 무슨 일이라도 있었나?"

같은 시각. 세 사람은 마을로 내려왔다. 하지만 몇 채 없는 가옥에는 단 한 사람도 보이지 않았다.

"모두 일하러 갔나. 정말 조용하네."

설서빈의 말에 이어 장태광도 같은 생각을 하였다. 아무리 가옥이 몇 채 없다고 하여도 사람은 있을 것이라 여겼지만, 아무도 없었다. 심지어 강아지나 가축들도 없었다.

"무슨 변고가 있었던 모양입니다. 그렇지 않고서야 이렇게 마을이 텅 비어 버릴……."

"저놈들이다! 잡아라!"

이선우가 주변을 둘러보며 말하고 있을 때였다. 가옥 뒤쪽에서 한 사내가 모습을 보이며 말하자, 곧 그의 명령을 받은 포졸들이 우르르 나오며 창을 들고 세 사람을 향해 겨누었다.

"이건…… 계획에 없던 일인데……."

그들의 갑작스러운 출현에 설서빈이 당황한 눈빛을 하며 말했고, 장태광과 이선우도 그들을 보며 당황한 눈빛을 하였다.

"이번엔 한 놈이 아닙니다. 세 놈이나 되니, 조심해야 할 것 같습니다."

한 포졸이 수장으로 보이는 사내에게 말했다.

"한 놈이 아니고 세 놈이다? 그렇다면 그놈이 여기에 왔었다는 뜻이군."

"그런 뜻이 되겠네요. 그리고 이 마을을 모두 비워 버린 것도 그놈이겠고요."

설서빈의 말에 장태광이 장단을 맞추듯 말하였다. 하지만 지금 포졸이 자신들을 향해 창을 겨누고 있는 상황인데도 두 사람은 너무 태연하였다.

오로지 이선우 혼자만 긴장하고 있는 듯하였다.

"우선 이 분위기를 벗어나야 할 것 같습니다. 아무리 임무도 좋지만, 누명을 뒤집어쓰고 도망 다니는 것은 싫으니까요."

설서빈이 가장 앞쪽에 선 사내를 향해 다가서며 말하였고, 이선우는 그녀의 행동을 보며 놀란 눈을 하였다.

"이자들을 모두 포박하라!"

그녀는 분명 그에게 자초지종을 설명하였을 것이었다. 그렇지만 그에게서 들려온 답은 모두를 잡는다는 것이었다.

즉…… 아무런 변화가 없이, 그저 포박당하기 쉽게 더 앞으로 다가서 준 것밖에 되지 않았다.

"무슨 일인가?"

포졸들이 그의 명령을 받고 세 사람을 포박하려 할 때였다. 그들의 뒤에서 중저음의 목소리가 들렸고, 곧 오십 대 초중반으로 보이는 사내가 다가섰다.

"네, 영감. 이들은 이 마을에서 일어난 살인사건의 주범으로……."

"주범이라니! 당신들이 우리가 사람 죽이는 것 봤어? 보지도 않았으면서 그렇게 몰아세우는 것은 예나 지금이나 다를 것 하나 없네. 젠장!"

"젠장?"

사내가 세 사람에 대한 보고를 살인자로 말하자, 이선우가 버럭 화를 내며 그에게 소리쳤다.

세상 살아오며 남에게 폐 끼치고 살아온 적도 없는데,

살인자라고 하니 갑자기 화가 치밀어 오른 그였다.

또한 이선우의 갑작스러운 말에 설서빈과 장태광이 어리둥절한 표정으로 그를 보았고, 영감이라 불린 중년 사내는 이선우의 입에서 나온 말을 듣고 따라 하였다.

"잠시 물러나 있어라."

중년 사내는 포졸들에게 말했고, 곧 자신이 앞으로 더 나서며 세 사람을 보았다.

"조금 전에 들린 그 말은 내가 아주 오래전에 벗에게서 들었던 말이오. 누가 그런 말을 한 것이오?"

중년 사내의 말에 세 사람의 시선은 그를 향해 돌아섰다. 하지만 정조 17년 때에 임무를 수행했던 설서빈의 기억에는 없는 사람이었고, 장태광은 조선시대의 임무를 수행한 경험이 없었다.

그리고 이선우는 그를 빤히 보았다. 그리고 그도 이선우를 보았다.

"선우…… 자네인가?"

그는 이선우를 잠시 동안 보고 있었고, 곧 눈동자를 미세하게 떨며 물었다.

"박만돌?"

"어허! 무엄하다! 어디서 함부로 영감의 존함을 부르는 것인가!"

"그만하거라. 내 이름을 알고 있다면 이 친구는 나의 벗이다. 지금 우리가 찾고 있는 그 살인범이 아니니라."

그는 박만돌이었다. 이선우가 이 회사에 입사한 후, 처음으로 맡았던 임무 속 인물이었다.

"하지만 영감. 이들의 복장과 생김새가 그놈과……."

"그놈이 아니지 않은가? 이 사람들의 말처럼 우린 이 사람들이 사람을 해하는 것을 직접 목격한 적이 없네. 그런데 그리 무서운 죄를 아무렇지 않게 이들에게 뒤집어 씌울 수 있는가?"

박만돌은 포졸의 말에 시선을 돌리지도 않은 채 이선우를 보며 말했고, 포졸들은 아무런 답을 하지 못한 채 뒤로 물러서고 있었다.

"이게 얼마 만인가? 내 그동안 자네를 찾고자 전국 팔도를 다 수소문하였네. 아씨께서도 자네의 안부를 몇 차례나 물어보셨는데, 내가 답을 하지 못했었지."

박만돌은 곧 이선우의 앞으로 더 다가서며, 그의 손을 잡고 눈물을 글썽거리며 말했다.

이선우도 그를 보니 감회가 새로웠다. 자신이 아무것도 모르던 그 시절에 처음으로 임무를 수행하고 있었고, 그와 함께 한 닷새 동안 이런저런 정도 쌓았다. 그리고 그의 인간 됨됨이가 훌륭하여 언제나 곁에 두고 싶었던 친구였다.

"어디 가서 오랜만에 탁주나 한 사발 들이키세. 자네와 먹었던 그 탁주 맛을 지금까지 느끼지 못했는데, 어서 가세. 그리고 이분들은……."

"내 벗들이네."

"그런가? 자네의 벗이라면 나의 벗이기도 하지, 어서들 오시게. 나와 함께 술 한잔하게."

박만돌의 말에 두 사람은 어리둥절한 눈으로 이선우를 보았고, 이선우는 어깨에 힘을 한 번 준 뒤, 자신을 따라오라는 듯한 행동을 취하였다.

"뭐야? 그새 포졸들에게 잡혀 가는 거야?"

한편 뒤늦게 합류한 이혜령은 그 상황을 제대로 확인하지 못하고, 포졸들에게 끌려가는 듯 보이는 그들을 구하고자 홀로 고민하고 있었다.

"대체 이게 얼마 만인가? 그리고 어째 자네는 그때나 지금이나 변한 것이 없는가? 아니 오히려 더 젊어진 것 같네."

박만돌은 많이 늙었다. 당연히 그는 16년이라는 세월을 흘려보내고 이선우를 만났지만, 이선우는 단 한 달을 지내고 그를 다시 보는 것이었다.

"그건 나도 모르겠네. 세월이 지나도 늙지가 않아."

"그래? 하하하. 자네 행복한 소리를 하고 있는군. 그래 혼인은 하였는가? 만약 혼인을 하였다면 제수께서 참으로 기쁘겠구만."

박만돌은 큰 소리로 웃으며 말했다.

두 사람의 대화를 뒤에서 들으며 따라오던 장태광과 설서빈은 뭐라 장단을 맞춰 주려 하였지만, 자신들에게 대화에 낄 수 있는 기회는 주어지지 않았다.

"이야앗!"

곧 한적한 시골마을을 벗어나 임시초소로 보이는 곳에 들어서기 전, 이혜령은 우렁찬 고함소리를 내지르며 그들의 앞으로 떡하니 내려섰다.

"실장님?"

그녀를 보며 설서빈이 의아한 눈빛으로 말했다. 이혜령은 곧 그들이 포박당한 것이 아니라, 편한 자세로 포졸과 함께 움직이는 것을 알고 어리둥절한 표정을 지은 채 그들을 보았다. 이내 어색한 미소를 지었다.

"웬 놈이냐!"

이혜령을 보자마자 포졸이 다시 창을 겨누며 소리쳤다.

"일행입니다. 그러니 창을 거두어 주십시오."

"일행인가. 듣지 못했는가? 일행이라 하니 창을 거두게."

이선우의 말에 박만돌이 다시 물음에 이선우가 고개를 끄덕거리자, 곧바로 포졸들에게 명령을 하달하였다.

"어떻게 된 거야?"

그들을 구하고자 멋지게 뛰어내렸지만, 오히려 망신당한 기분을 느끼는 그녀였다. 곧 설서빈의 옆으로 다가서며 현재의 상황을 물었다.

"그래? 저 사람이 이선우 씨의 벗이라고?"

이혜령은 설서빈에게 자초지종을 들은 후, 박만돌을 보았다. 비록 자신이 내린 임무는 아니지만, 지상 3층을 관리하는 자신에게 이선우의 첫 번째 임무는 기억에 남아 있었다.

"기억 나. 그때 50층의 실장이 나에게 와서 얼마나 많은 자랑을 하던지……. 그런 사람은 많다고 했지만, 그런 많은 사람과는 다르다고 하더니…… 정말 다른 모양이네."

이혜령은 50층의 실장에게 모든 내용을 전해 들었다. 그리고 지금의 상황도 그로 인하여 쉽게 이해할 수 있었다.

"다들 이리 오셔서 앉으십시오. 내가 정말 오랜만에 벗을 만나 기분이 아주 좋습니다."

박만돌은 함박웃음이었다. 그는 지금 마을에서 일어나

고 있는 일을 해결하고자 궐에서 직접 파견된 인물이었다. 지금은 그 범인을 잡고 있는 중이었지만, 벗을 만난 즐거움에 잠시 임무를 잊고 있었다.

박만돌은 포졸들에게도 휴식을 주었다. 그리고 오랜만에 탁주와 나물을 가지고 들어와 이선우를 마주하고 앉았다.

"기억 나는가?"

박만돌은 교자상 위에 놓인 탁주와 안주를 가리키며 그에게 물었다.

"기억 나지. 어째 이런 맛을 잊겠는가. 자네와 함께 한양으로 향하던 그때에 먹었던 그 맛은 정말 나도 잊지 못하고 살아왔었네."

이선우도 박만돌의 말에 장단을 맞춰 주었다. 비록 자신에게는 고작 한 달이 지난 시간이며, 애절하게 생각날 정도로 그 맛이 대단하지는 않았다. 하지만 박만돌에게는 세상에서 가장 맛있던 술맛이었다.

두 사람은 오랜만에 만나 서로 그동안 살아온 이야기를 나누었다. 그리고 곧 지금 일어나고 있는 일에 대한 이야기를 들었다.

"나와 같은 복장과 생김새, 그리고 순식간에 사라졌다 나타나는 그의 모습?"

"그렇네. 내 살다 살다 그런 놈은 정말 처음이네."

이선우는 그의 말을 들은 후, 자신의 함께 앉아 술을 마시고 있는 세 사람을 보았다.

"그럼 지금 마을에서 일어나고 있는 이 살인사건은 언제부터 일어난 일입니까?"

이혜령이 그에게 물었다.

"한 보름쯤 되었습니다."

"……."

그의 답을 들은 후, 이혜령의 표정이 굳어졌다. 그녀는 잠시 자리에서 일어섰고, 곧 설서빈과 장태광도 함께 일어서며 한쪽으로 자리를 옮겼다.

이선우도 그들과 함께 자리를 옮겨 뭔가 이야기를 듣고 싶었지만, 박만돌이 자신만 보고 있는 탓에 움직일 수 없었다.

"보름 전이라면 이미 그놈이 다녀간 지 꽤 시간이 흘렀습니다."

장태광이 말했다.

"시간이 지났어도 자신이 원하는 것을 얻지 못했다면 다시 돌아올 수도 있습니다. 일단 주변을 더 확실히 경계하십시오."

"네. 알겠습니다. 그런데…… 실장님께서는 왜 직접

이 현장으로 오신 것입니까?"

이혜령은 자신이 여기 온 이유가 있었다. 단지 한마디만 전해 주기 위하여 왔었다. 하지만 그 말을 하지 못했다.

"잠시 후, 이선우 씨까지 모이면 말씀드리겠습니다."

이혜령은 그들에게 곧바로 말하지 못하고 결국 다음으로 미뤘다. 그리고 이선우를 향해 시선을 돌렸다.

"일단 이곳에서는 저 양반의 권력이 좀 있는 듯하니, 저 권력을 이용하여 이석호를 잡아 보겠습니다."

"그놈의 이름이 이석호입니까?"

"네. 오늘 아침 회의에서 나온 이름입니다. 젠장……."

이혜령의 말에 장태광이 다시 묻자, 이혜령은 아침 회의 때가 떠올라, 입에서 자연스럽게 격한 말이 내뱉어졌다.

"여러분께 한 말이 아닙니다. 그러니 신경 쓰지 마십시오."

이혜령은 두 사람을 보며 말했고, 곧 다시 이선우를 향해보았다.

"이번 사건. 나도 자네를 돕고 싶은데, 괜찮겠는가?"

이선우는 이혜령에게 별말을 듣지 않았지만, 그녀의 말을 들은 듯, 박만돌에게 함께하자는 뜻을 전하였다.

"나야 그렇게 해 주면 고맙지 않겠나. 오랜만에 벗의

능력도 보고, 또 그 벗을 곁에 둘 수 있으니 금상첨화인 것을 내가 왜 마다하겠는가."

박만돌은 호탕하게 웃으며 말했고, 곧 다시 건배하며 탁주를 들이켰다.

"참. 미령 아가씨께 내가 연통을 넣었네. 아가씨께서 자네를 만나게 되면 꼭 알려 달라는 당부를 하셨으니 말일세."

이선우는 박만돌의 말을 듣고, 미령을 떠올렸다. 자신에게 아내의 비녀를 선물하게 해 준 여인이었다.

그리고 그녀는 그 당시 좌의정 홍낙성의 여식으로 권력이 꽤 있는 편이었다.

어느덧 날이 어두워지고 있었다.

박만돌은 오랜만에 만난 이선우와 술 한잔을 한 탓에 일찌감치 잠에 들었고, 포졸들도 모처럼 긴 휴식을 취하고 있었다.

하지만 이혜령마저 여기에 있는 것을 보고 세 사람은 의아한 눈으로 그녀를 보았다.

"실장님. 소환…… 하지 않으십니까?"

장태광이 그녀를 보며 물었다. 그러자 이혜령의 시선이 장태광을 시작으로 세 명을 고루 보며 돌아갔다.

"여러분께 해 줄 말이 있습니다. 이쪽으로 오십시오."

이혜령은 마음을 가다듬고, 세 사람을 한쪽으로 불렀다. 그리고 아침 회의에서 나온 말을 그들에게 하였다.

세 사람은 멍하니 그녀를 보았다. 뭐라 말을 해야 하지만, 말을 하지 못하는 그런 심정이었다.

"그럼. 그놈을 잡을 때까지 이곳에서 벗어나지 못한다는 것입니까?"

"네. 회사에서 아마도 회장님 몰래 뭔가 꿍꿍이를 벌이는 듯한데, 지금은 우리 쪽에 있는 사람들이 힘이 없어 그 꿍꿍이가 무엇인지 확인하지 못하였습니다."

이선우는 그의 말을 들은 후, 지난번 보았던 회장이라는 사람을 떠올렸다. 그리고 그와 함께 사무실을 찾았던 임원들도 기억에 떠올렸다.

"역모입니까?"

이선우가 그녀를 보며 물었다. 그러자 그녀는 이선우의 진지한 표정을 보았다.

"하하…… 조선시대로 와서 그런 말을 들으니, 정말 간떨리네요. 이 시대에는 만에 하나 그런 행동을 하거나, 그런 말만 하더라도 목이 날아가니 조심하셔야 합니다."

이선우의 진지한 물음이었지만, 그 말을 들은 세 명은 섬뜩하였다. 이혜령의 말처럼 지금 시대에서는 쉽게 입에 담을 수 없는 말이었다.

"뭐, 정확하게 말하면 그런 셈이기도 합니다. 회사 내에 있는 몇 인물들이, 회장님은 물론이고 회장님을 따르는 몇 임직원들의 눈을 피해 뭔가 계획하였습니다. 그리고 그 계획은 아마도 지금 일어나고 있는 일과 무관하지 않을 수도 있다는 결론입니다."

이혜령의 말은 모두의 눈동자를 심하게 흔들거리도록 만들었다.

역모를 위하여 미래의 힘을 이용해 사회를 혼란시킨다는 말이니, 역모의 규모로 치자면 아주 큰 규모라 할 수 있었다.

"실장님의 말씀은 지금 이곳에서 이런 일을 자행하는 놈과 회사를 뒤엎으려는 그들이 한통속일 수도 있다는 말입니까?"

이선우가 그녀를 보며 물었다.

"아니요. 꼭 그렇다는 것은 아닙니다. 하지만 한통속이 아니라도 서로를 충분히 돕거나, 방해가 되는 다른 한쪽을 칠 수 있는 여건은 마련됩니다."

이이제이(以夷制夷)라 말할 수 있었다. 지금 회사를 뒤엎으려는 이들은, 새로운 적을 만들어 그 적으로 하여금 회사를 치도록 만든 뒤 회사에서 그 적을 치는 사이에, 손쉽게 회사를 하나씩 먹어 가겠다는 것이었다.

"그나저나 그놈들을 이용하여 회사를 손아귀에 쥐려는 계획을 세운 사람은 대단하네요. 지금 이놈들로 인하여 미래에서 온 관계자들도 대거 사망하고, 또 그들도 해결하지 못했다고 하지 않았습니까?"

이혜령의 말만으로도 충격이었지만, 곧 이선우의 말이 이어지는 장태광과 설서빈의 머릿속은 더 복잡해지고 있었다.

"그럼 어떻게 해야 합니까?"

다른 것은 생각해도 답이 없고, 머리만 아픈 것이었다. 그러니 그럴 시간에 이 일을 해결할 수 있는 방법을 모색하고 그 방법을 실천으로 옮기는 것이 더 나은 결정이기에, 이선우는 다른 질문을 하지 않고 바로 물었다.

"방법은 하나입니다. 그놈을 잡는 것입니다. 그 방법 외에는 일단 회사로 돌아갈 수 있는 방법이 없습니다."

참 간단한 답이었지만, 명답이기도 하였다. 어차피 이석호를 잡고자 온 것이니, 그놈을 잡고 임무를 완수하면 자동적으로 소환되는 것이었다. 즉, 돌아갈 방법은 그 방법밖에 없는 것이었다.

"그리고 가족들에게는 회사에서 직접 연락하여, 급한 회사일로 인하여 출장 중이라는 통보를 해 두었습니다. 그러니 가족 걱정은 마시고, 서둘러 이 일을 정리합시다."

이혜령의 말을 들은 후, 이선우는 집에서 자신을 기다리고 있을 아내와 두 아들이 떠올랐다.

"걱정 마세요. 우리 쪽 사람들이 여기에 있는 직원들의 각 집 정문을 모두 지키고 있을 것입니다."

"네? 정문을 지켜요? 이유는요?"

이선우가 궁금하여 물었다.

"하하…… 하하하. 제가 또 말실수를 한 모양이네요. 뭐. 그렇다고 하지 못할 말은 아니니 답변을 드리겠습니다. 지금 우리가 잡는 그놈. 그놈은 시간의 틈을 이용하여 과거와 현재까지의 시간을 자유자재로 다닙니다. 그런 놈이 만에 하나 자신을 잡는 사람들의 집을 알고 협박한다면 일이 복잡해지니, 그 일대에 우리 직원들을 배치시켜 둔 것입니다."

회사의 처리는 감사한 일이었다. 하지만 그렇다고 머릿속 걱정이 사라지는 것은 아니었다.

"일단 우리도 쉬겠습니다. 이곳에서 그놈을 잡지 못하면, 정말 우리가 조선시대 사람이 될 수도 있다는 것만 명심해 주십시오."

이혜령의 말은 농담이지만, 참으로 슬프게 들려오는 농담이었다.

"엄마. 아빠는? 오늘 아빠가 늦으시네?"

한편, 지민은 베란다에 서서 아래를 보며 아내에게 물었다.

이미 시간이 오후 9시가 넘어가고 있었다. 그러나 회사에서 온 연락 외에 그 어떤 연락이 없으니, 아내도 걱정되는 것은 어쩔 수 없었다.

"아빠는 회사일로 급히 출장 가시는 바람에 오늘은 오지 않으실 거야."

"그럼 내일은? 내일은 오시겠지?"

"그럼. 내일은 오시지. 내일은 오셔서 우리 지민이와 영민이하고 또 놀고 샤워도 해야지."

아내는 애써 밝은 표정을 지으며 지민에게 설명해 주었다. 하지만 지민의 시선이 돌아서면서부터 그녀의 표정은 걱정 어린 눈빛으로 변하였다.

"실장님. 부장님이 찾으십니다."

그날 저녁. 50층의 실장 앞으로 대리가 찾아와 인사하며 부장의 말을 전하였다.

지금 회사에서는 아침 일찍부터 부장이 50층과 39층, 그리고 27층과 25층, 5층과 지상 2층, 지상 4층의 실장을 모두 자신의 회의실로 불러들였다.

잠시 후, 회의실로 모여든 실장들은 서로에게 인사하

며 웃었다. 하지만 전체적인 실장회의가 아니라 단 일곱 명만을 모아 둔 자리라 의아한 표정들도 있었다.

탈칵.

곧 회의실 문이 열리며 부장이 안으로 들어섰다. 그리고 그는 자리에 앉은 일곱 명의 실장을 보았다.

"……."

매서운 눈빛으로 그들을 본 뒤, 아무런 말없이 상석으로 가 자리하여 앉았다.

"잠시 후면 야간 임무에 투입되었던 직원들을 소환해야 합니다. 바쁘신 일이 아니시라면 퇴근 후에……."

"모든 직원들에게 기다리라고 하면 되는 것 아닌가? 회사가 언제부터 그리 시간을 엄수하였다고 그러는 것인가."

"……."

50층의 실장이 그를 보며 말하였다. 하지만 그의 말이 끝나기 전, 부장은 매서운 눈빛을 풀지 않은 채 그의 말을 잘랐다.

"내가 여러분을 이곳으로 오라고 한 이유는 한 가지다."

실장들은 그를 보았다. 비록 나이 차가 있다고 하지만, 무턱대고 반말로 지껄이는 그를 언제나 못마땅하게 여겼던 실장들이 많았다.

"지금 현재 우리 회사에서 맡은 임무. 총 몇 가지 임무를 수행 중에 있는가?"

부장은 그들을 고루 보며 물었다.

"그런 질문이시라면 업무팀을 찾으시면 빠릅니다. 그곳에서는 이 회사의 모든 업무가 다 기록되어 있습니다."

39층의 실장이 그를 보며 답했다. 그러자 그의 눈썹은 다시 씰룩거리고 있었다.

"그럼 여러분이 맡은 곳만이라도, 모두 맡고 있는 임무가 몇 가지입니까?"

부장은 39층의 실장의 말에도 아랑곳하지 않고 질문을 약간 바꾸어 다시 물었다.

"각 팀마다 일곱 개의 임무가 풀로 돌아갑니다. 그러니 지금 총 49개의 임무가 진행 중에 있습니다. 그런 와중에 이렇게 업무 시간을 어겨 가며 회의를 해야 하는 이유를 알 수 없습니다."

50층의 실장이 다시 말했고, 부장의 눈매는 더욱더 매섭게 실장을 노려보았다.

"뭐. 늦어도 상관없다. 어차피 지금 이 시간부로 다른 그 어떤 임무도 수행하지 않을 테니 말이야."

"네?"

부장의 말에 일곱 명의 실장이 놀란 눈을 하여 그를 보았다.

"무슨 말입니까? 임무 수행을 하지 않으신다는 말은……."

"아주 급한 임무가 들어왔다. 그래서 모든 임무를 다 중단하고, 지금부터 이 임무에 사활을 건다."

"……!"

일곱 명의 실장은 서로를 보며 놀란 눈을 하였고, 곧 부장을 향해 시선을 돌렸다.

"누구의 계획입니까? 이런 사안은 필시 회장님의 승인이 있어야 가능한 일입니다. 회장님께서 승인하셨습니까?"

50층의 실장이 부장에게 물었다.

"회장님께서는 지금 미래관계자를 만나기 위하여 미래에 가셨다. 그러니 승인을 받을 수 없었지. 하지만 회장님이 부재중이실 때, 가장 큰 권한을 가지신 부회장님의 승인을 얻었으니, 잔말 말고 행동으로 옮기게."

그는 자리에서 일어섰다. 그리고 다시 한 번 일곱 명의 실장들을 노려보며 회의실을 나섰다.

"그런데 지상 3층의 실장인 이혜령은 왜 보이지 않는가?"

부장은 회의실을 나온 후, 대리에게 물었다.

"이미 퇴근한 듯 보였습니다. 그리고 연락도 되지 않고 있습니다."

대리는 그의 옆에서 허리를 반쯤 숙인 채 답했고, 부장의 표정은 일그러졌다.

"무슨 수를 써 보겠다는 것인데…… 아서라. 너희도 잘 알다시피, 시간의 틈에서 쫓겨난 자는 악만 가진 인물이다. 악이 악을 낳고, 또 악을 나아서, 악만이 남은 인간이 바로 지금 너희가 잡아야 할 그놈이다."

부장은 이석호를 빗대어 말하였다.

"네? 시간의 틈에서 쫓겨난 사람이 이석호라고요?"

같은 시각, 조선 정조 22년의 시대에서 늦은 밤을 맞이한 네 사람은 하늘에 뜬 수많은 별들을 보며 맑은 공기를 마시고 있었다.

곧 이혜령에게 아직도 지금의 일에 대해 물어보던 이선우는 이석호에 대한 자세한 설명을 들은 후, 놀란 눈으로 물었다.

"네. 시간의 틈이란 바로 우리가 임무를 수행하기 위하여 LED를 타고 이동할 때, 사무실과 그 현장으로 가는 동안의 틈을 말하는 것입니다."

이선우는 이 이야기도 처음 들었다. 그저 게임이나 영화에 나오는 텔레포트 같은 기술로 이동하는 것이라 생각하고 별다르게 받아들이지 않았었다.

하지만 그 기술에 대해 조금 더 자세하게 알고 나니, 신기함이 더욱더 극에 달하고 있는 이선우였다.

"그런데 그 틈에서 쫓겨났다는 것은 무엇을 말하는 것입니까?"

"소환을 하거나 또는 그 현장으로 보내질 때, 보내는 곳에서는 보냈지만 도착해야 할 곳을 막아 버리는 것입니다. 그러면 그 사람은 갈 곳이 없어집니다. 그러면 잠시 동안 이동 통로에서 지내게 되는데, 그 시간이 48시간이 지나가면 오류로 인하여 그 틈에서 강제 추방이 됩니다."

이선우는 아예 이혜령의 앞으로 자리하여 앉으며 그녀의 말을 듣기 시작하였다.

"쫓겨났으면 다시 들어갈 수 없다는 말이 맞지 않나요?"

이선우가 다시 물었고, 이혜령도 이제 그를 마주하여 보며 바로 앉았다.

"네, 통상적으로 말하자면 이선우 씨의 말이 맞습니다. 쫓겨났으니 다시 갈 수 없지요. 하지만 그 속에서 쫓겨난 후에 또 다른 곳에서 그를 소환하려 할 때, 그는 또다시 시간의 틈을 이동하게 됩니다. 그리고 또 도착할 곳을 막는 것입니다."

"네? 그리 잔인하게 해서 뭐 하려는 것입니까?"

이선우는 이해할 수 없었다. 소환을 했다가 막는 것은 대체 무슨 심보인지 알 수 없었다.

"그렇게 하면…… 지금 이석호처럼 자신이 원하는 그 어떤 지점으로 스스로 알아서 갈 수 있는 또 다른 틈을 발견하게 됩니다."

"……!"

이선우는 놀란 눈으로 그녀를 보았다. 하나의 시간의 틈이 아니라, 또 하나의 틈이 존재한다는 그녀의 말이었다.

"하지만 한두 차례 그런 일을 한다고 되는 것은 아니에요. 수십 번, 수백 번, 많게는 수천 번을 해야 할 경우도 있습니다. 그래도 되지 않는 경우가 있고요. 하지만 이석호는 나이로 보면 단 몇 번 만에 성공한 케이스라 말할 수 있습니다."

이혜령은 이석호에 관한 설명을 다시 덧붙여 해 주었다.

"그래서…… 그놈이 지금 이곳저곳을 다 휘젓고 다닌다는 말이군요. 그런데 왜 미래는 갈 수 없는 것입니까?"

"그것에 대한 것은 아직 밝혀내지 못했습니다. 그것이 밝혀지면 아마도 그놈을 그리 만든 놈도 찾을 수 있겠지요."

이선우의 이어지는 질문에 이혜령이 다시 답하였고, 이

제는 아예 평상 위에 몸을 눕혀 하늘에 뜬 별을 보았다.

"그럼 그가 왜 미래로 갈 수 없는지 답은 간단하네요."

이선우의 말에 이혜령과 설서빈, 장태광이 모두 그를 향해 보았다.

"과거와 현재는 가는데, 미래는 갈 수 없다. 즉, 미래에 있는 그 어떤 누군가가 그쪽으로 통하는 문을 닫아 놓은 것이죠. 그가 돌아오면 불이익을 당할 사람이 말이에요."

"……."

쉽게 생각하면 그 말이 정답이었다. 과거와 현재는 자유자재로 이동하지만 미래만은 갈 수 없다. 즉, 누군가가 갈 수 없도록 수를 써 놓았다는 것과 같았다.

"하하…… 의외로 간단하게 답이 나오는데, 괜히 멋지게 하려고 뱅뱅 돌려서 생각한 모양입니다."

이혜령은 지금의 상황을 50층의 실장에게 바로 알려 주고 싶었다. 하지만 지금은 그럴 수 없었다.

이선우는 지난날, 50층의 실장에게는 3번째 임무가 끝난 후, 직원에게 사망보험에 대한 내용이 전달된 것을 상기했다. 그리고 지금은 아무렇지 않게 생각하는 LED 에 대해서 들었다.

무척 무서운 곳이 바로 그 LED 위였다. 하지만 지금까지 아무런 의심 없이 그저 편하게 이동하였던 기억밖에 없었다.

"여러모로 많은 비밀을 가지고 있는 회사네요. 왜 진작 그런 문제에 대해서 알려 주지 않고, 시간이 지나면서 하나하나 알려 주는지 모르겠네요."

이선우는 이혜령을 보며 말한 뒤, 자신도 하늘에 뜬 별을 향해 시선을 올렸다.

"지금 회사는 어떻게 되었을까요? 실장님의 말이 진실이라면 아마도 회사에서도 난리가 나지 않았을까요?"

모두가 하늘에 뜬 별을 보았다. 그리고 장태광이 하늘에서 시선을 떼지 않은 채 물었다.

세 명의 시선은 이혜령에게 향하였다.

"나도 몰라요. 나도 지금 여러분과 함께 이곳에 있지 않습니까? 그쪽에서 알려 주지 않는 한, 알 길은 없습니다."

이혜령이라고 눈에 보이지 않는 그곳의 일을 알아내는 방법은 없었다.

네 사람은 다시 하늘을 향해 보았다. 그저 검은 하늘에 무수히 많이 떠 있는 별을 보는 것이지만, 각자의 머릿속은 아주 복잡함으로 다 덮여 있는 중이었다.

사사삭!

"……."

모두가 하늘에 뜬 별에 시선을 집중하고 있을 때, 이

선우의 귀에 무슨 소리가 들렸고, 그는 고개를 돌려 소리가 들린 방향으로 시선을 주었다.

주변이 어둡기는 하였지만, 이선우의 눈에는 그 어둠이 그리 어둡게만은 보이지 않았다.

"저기…… 뭔가가 있습니다."

이선우의 말에 모두가 시선을 돌려 어둠 속을 보았다. 하지만 이선우와 이혜령을 제외하고 두 명의 눈에는 어둠 속이 그저 짙은 어둠으로밖에 보이지 않았다.

"뭘까요?"

이혜령이 자리에서 일어서며 물었고, 이선우도 자리에서 일어선 뒤, 움직이고 있는 그 물체를 향해 다가서기 시작하였다.

"위험하면 다가서지 않는 것이 상책입니다. 물러나십시오."

설서빈이 이선우에게 말했다. 하지만 그는 정확하게 어둠 속에서 움직이는 물체를 보며 움직이고 있었다.

"아시겠지만, 우린 싸움을 주 임무로 하는 사람들이 아닙니다. 그러니 위험 요소가 보이면 각자 알아서 잘 대처하시기 바랍니다."

이혜령은 어둠 속을 보며 직원들에게 말했다. 하지만 그 말을 지금 꼭 해야 하는지 더 궁금한 두 사람이었고,

이미 의문의 물체가 움직이는 것을 모두 본 이선우는 그것이 무엇인지 더 자세히 알게 되었다.

"대비하셔야 할 것 같습니다."

이선우가 나지막한 목소리로 말했다. 곧 그의 말이 끝나자마자, 어둠 속에서 꿈틀거리던 물체는 어둠에서 서서히 벗어나 달빛 아래로 자신의 모습을 보이고 있었다.

"……"

이선우는 물론, 뒤에 선 세 명도 매서운 눈빛으로 그를 노려볼 뿐, 아무런 말을 하지 않았다.

"나를 찾아 이리 온 것인가?"

그는 이석호였다. 네 사람이 찾고 있고, 이 시대에서는 박만돌이 찾고 있는 살인범 이석호가 모두의 눈앞에 모습을 보였다.

"역시. 기다리면 오게 되는군."

이혜령은 그를 보며 말했고, 곧 두 주먹을 꽉 쥐었다.

"이런, 이런. 내가 알기로는 당신들은 싸움을 주 임무로 하는 녀석들이 아니라, 그저 과거나 미래에서 타인의 하찮은 일을 도와주는 것만 한다고 들었는데…… 내 말이 틀린가?"

이석호는 이혜령의 행동을 보며 비웃듯이 말했고, 곧 자신의 바로 앞에 서 있는 이선우를 보며 다시 웃었다.

탁.

그리고 이내 이선우의 옆으로 다가와, 어깨에 손을 올리며 이선우의 옆모습을 보고 있었다.

"네가…… 39층의 이선우일 것이고, 또 저기는 지상 3층의 주인인 이혜령, 그리고 지상 1층의 최강 베테랑인 설서빈……."

이석호는 세 명에 대해 아주 자세히 알고 있었다. 하지만 눈빛이 장태광에게 머물렀지만, 장태광에 대해서는 아무런 말을 하지 못하고 있었다.

"넌 신입사원인가? 내 기억에는 네가 없다."

"네 기억에 굳이 내가 있어야 할 이유는 없잖아."

"……."

이석호는 여전히 이선우의 어깨에 손을 올리고 있었다. 그러나 곧 장태광의 말이 끝나자마자, 이선우의 어깨에 올려진 그의 손에 힘이 꽉 들어가는 느낌을 받은 이선우였다.

"나에 대해 자세히 듣지 못한 채 임무에 투입된 모양이군. 난 말이야……."

쾅!

"……!!"

이석호는 장태광을 정확하게 노려보며 말하다 말고, 말

을 딱 잘랐다. 그러곤 고개를 들어 그를 보는가 싶었는데, 이내 장태광이 서 있던 자리에 자신이 우뚝 서 있었다. 반면 장태광은 한참을 날아가 나무에 부딪히며 쓰러졌다.

이선우는 조금 전까지 자신의 옆에 있던 이석호가 어느새 약 5미터 거리에 있는 장태광을 치고 그 자리에 서 있게 되는 것인지 궁금하면서도 놀라웠다.

"이혜령. 넌 나를 잘 알 것이다. 비록 만난 적은 없지만 말이야."

이석호는 곧 장태광이 있던 자리에 서서, 이혜령을 향해 시선을 돌리며 말했다.

"그래. 너에 대해 잘 알고 있지. 시간의 틈에서 쫓겨나고 그 누구에게도 환영받지 못하며, 또 어떤 미치광이에게 농락당하고 난 뒤에 버려진 놈."

콱!

이혜령은 그에 대해 정말 거짓 하나 없이 모두 말한 것 같았다. 그리고 그 순간 눈 깜빡도 하기 전에 이석호는 이혜령의 멱살을 잡아 위로 끌어 올리며 그녀를 노려보았다.

"아무리 뛰어난 놈이라고 해도, 주변 상황을 봐 가면서 때로는 거짓말도 할 필요가 있다. 그리고 지금이 딱 그때였지. 조용히 내가 물러나게 만들겠다면, 나에게 도움 되는 말을 해 주어야 내가 기분 좋아서 물러날 것 아닌가?"

이석호는 이혜령을 들어 올린 뒤, 그녀를 아래에서 위로 올려다보며 말했고, 이혜령은 그의 손아귀 힘에 점점 숨이 막히고 있었다.

쾅!

"……!!"

그 순간 이선우가 마치 이석호와 같은 움직임을 보이며 이혜령의 목을 잡고 있던 이석호를 뒤로 밀쳐냈다. 그러곤 바닥으로 떨어지는 이혜령을 잡았다.

"괜찮으십니까?"

그녀에게 안부를 물었다.

"콜록! 콜록! 아, 젠장! 죽는 줄 알았네!"

그녀는 심하게 기침을 하며 다시 호흡을 찾았고, 이내 격한 말을 내뱉으며 시선을 돌렸다.

그리고 약 10미터 정도나 떨어진 곳에 이석호가 나가 떨어져 있었고, 그가 서서히 일어서는 모습이 보였다.

이혜령은 그를 본 뒤, 다시 이선우를 보았다.

입사 후에 알약을 먹고 30분간의 교육을 했다고 하더라도, 그 어떤 누구도 지금과 같은 힘을 발휘하지는 못했다.

그저 눈과 귀가 좋아지고, 나온 배가 들어가고, 지방이 근육화 되는 것이 전부였다.

하지만 이선우는 점차 그 단계를 진화시키고 있는 것처럼 느껴졌다.

그리고 그 첫 번째가 바로 어둠 속을 보는 눈일 수도 있었다.

"모두 주변을 경계하라!"

몇 번의 쾅쾅거리는 소리에 의해, 임시초소에서 오랜만에 달콤한 휴식을 취하던 포졸들이 일어나 나오며 소리쳤다. 곧 박만돌과 포졸들이 밖으로 나오며 주변을 보았다.

"선우! 자네 괜찮은가?"

박만돌은 이선우가 약간 주저앉은 것을 보며 물었다.

"기다리게. 자네가 찾는 놈, 그놈이 지금 저 앞에 있네."

"······!!"

이선우의 말에 박만돌과 포졸들은 그 자리에서 멈춘 뒤, 이선우가 가리키는 곳을 향해 보았다.

"저놈입니다! 분명 저놈이 확실합니다!"

살인을 목격한 포졸이 그를 가리키며 소리쳤다. 그러자 박만돌의 눈빛이 변하였고, 두 주먹을 꽉 쥐었다.

"저놈을 잡아라!"

"네! 영감!"

박만돌의 명령에 포졸들이 일제히 그를 향해 달려갔다.

"쳇…… 이리되면 난처해지겠지."

이석호는 자신을 향해 창과 칼을 들고 달려오는 포졸들을 보며 쓴 표정을 지은 채 말했다. 그러곤 그들의 뒤로 서 있는 이선우를 매서운 눈빛으로 본 뒤, 그 자리에서 순식간에 사라져 버렸다.

"사라졌습니다."

"쳇!"

포졸의 큰 소리에 박만돌이 땅을 차며 소리쳤고, 곧바로 이선우를 향해 다시 달려갔다.

"괜찮은가? 이 야밤에 대체 무슨 일인가?"

박만돌은 그의 앞으로 다가서며 물었고, 이선우는 사라져버린 이석호를 찾는 듯 주변을 두리번거렸다.

"친구분이 안부를 묻습니다. 답을 주십시오."

이석호를 찾느라 박만돌의 말을 듣지 못한 듯하여, 이혜령이 말했고, 이선우는 그제야 자신 앞에 있는 박만돌을 보았다.

"자네도 괜찮은가?"

"나야 아무것도 하지 않았으니, 다칠 일도 없지 않겠나. 그런데 자네는 그놈과 일전을 벌인 듯한데, 어디 다친 곳은 없는가?"

박만돌은 이선우의 몸을 이리저리 살피며 물었고, 곧

그를 데리고 자신의 막사로 들어섰다.

"혹시 보셨습니까?"

박만돌이 이선우를 데리고 막사로 들어간 뒤, 설서빈
은 이혜령을 곁으로 다가서며 물었다.

"네. 보긴 보았는데, 자세히는 보지 못했습니다. 하지
만 분명 우리와는 달랐습니다."

"네. 확실하게 달랐습니다."

설서빈의 물음에 이혜령이 막사를 향해 시선을 주며
답했고, 곧 이석호에게 일격을 당한 장태광이 두 사람의
곁으로 다가서며 말했다.

"괜찮으십니까?"

그의 안부를 물었다.

"마치 자동차에 치여 날아가는 듯한 느낌이었습니다.
그런데 그런 동작을 이선우 씨는 어떻게 했을까요?"

장태광도 쓰러진 상황에서 그의 움직임을 보았었다.

15년을 다닌 이혜령과 10년을 근무한 설서빈도 아직
그 경지까지는 오르지 않은 상황이었다.

그렇지만 고작 한 달 지난 신입사원 이선우는 입사 후
에 먹은 알약과 교육에 대해 아주 빠른 진화를 거듭하고
있는 중이었다.

"아무래도 50층의 실장께서 신입사원을 아주 제대로

데려온 모양입니다."

이혜령은 막사를 보며 말을 이었고, 곧 두 사람의 시선도 막사로 향하였다.

"서둘러 가야 합니다. 또 그 사람이 다른 곳으로 가면 언제 볼 수 있을지 모릅니다."

한편 야심한 밤이지만 말 세 마리가 힘찬 뜀박질을 하며 움직이고 있었다.

가장 앞쪽에 선 말에는 나이가 들었지만 한 눈에 미령이라고 알아볼 수 있을 정도의 여인이 타고 있었고, 나머지 두 마리의 말에는 그녀를 경호하는 호위무사들이 있었다.

오전에 박만돌로부터 받은 전보로 인하여 늦은 밤이지만 그녀는 쉬지 않고 달리고 있었다.

자정이 훌쩍 넘어 새벽 3시가 다 되어 가는 시간이었다. 모두 잠이 들었고, 이혜령은 평상에서 일어나 한쪽 구석으로 이동하였다.

"아직 자지 않겠지."

그녀는 윗옷 저 깊숙한 곳에 넣어 두었던 휴대전화를 꺼내 들며 중얼거렸고, 곧 통화버튼을 눌렀다.

─네, 실장님.

"다행히 아직 주무시지 않았네요."

이혜령이 연락한 사람은 50층의 실장이었다. 그리고 그가 전화를 받은 것에 환한 표정을 지은 이혜령이었다.

"회사는 어떻습니까? 뭔가 폭풍이 몰아칠 것 같습니까?"

─네. 어제 저녁, 부장이 일곱 명의 실장을 회의실로 불렀습니다. 그리고 모두가 회장님과 함께 일을 했던 실장들뿐이었습니다.

"그래요? 부장이 직접 총대를 멘 것 같네요. 일단 이곳에서는 이석호와 한 번 조우가 있었습니다."

─네? 정말입니까? 사원들 중 다친 사람은 없습니까? 아무리 유능한 사람들을 보냈다고 하여도, 이석호는 시간의 틈을 이용하여 빠르게 움직이는 데다 힘 또한 아주 강하게 기른 녀석입니다. 그런 놈을······.

"이선우 씨가 막았습니다."

─······.

50층의 실장은 이혜령의 말을 들은 후, 쉬지 않고 질문하였다. 그리고 마지막 질문에 대한 답으로 이선우의 이름이 나오자, 실장은 아무런 말없이 눈동자만 잠시 떨고 있었다.

"실장님께서 직접 데려온 이선우 씨······ 어쩌면 참 많

아빠는
신입
사원

은 변화를 가져올 사람인 것 같습니다."

이혜령은 그동안 이선우에 대해 자세히 아는 것은 없었다. 그저 유능한 인재이며, 50층의 실장이 데려온 직원, 그리고 실패를 모르는 지원. 딱 이 정도였다.

하지만 지금, 그에 대해 하나하나 알아갈수록 그가 왜 대단한지를 직접 경험하고 있었다.

—그럼 조심하십시오. 이쪽은 저희 쪽에서 최대한 막을 것입니다. 그러니 실장님께서는 서둘러 이석호를 잡고, 그들이 이석호를 이용하여 자신들의 계획을 실천에 옮기지 못하도록 잘해 주십시오.

"알겠습니다."

이혜령은 통화를 끊었다. 그녀는 실장에게 말하면 자신 혼자만이라도 충분히 집으로 다시 돌아갈 수 있는 상황이었다.

하지만 그녀는 이곳에 남은 세 사람과 함께 마지막까지 함께 있으려 하였다.

그리고 50층의 실장이 한 말. 지금 회사에서 일어나고 있는 역모와도 같은 일은, 이석호를 이용해야 한다는 것을 말하였다.

부장은 이들로 하여금 이석호를 잡고, 그를 데리고 회사로 오는 순간에 자신의 계획을 실천으로 옮기겠다는 것이었다.

하지만 이미 50층의 실장은 물론, 회장을 따르던 몇 실장들은 그의 생각을 간파하였다. 그래서 그를 저지하기 위하여 현재와 과거에서 각기 움직이기 시작하였다.

다음 날.

회사에서는 39층의 실장이 50층의 실장을 만나기 위하여 바삐 움직이고 있었다.

또 한 지하 27층과 25층, 5층과 지상 2층, 지상 4층의 실장도 모두 지하 50층으로 내려가고 있었다.

"대리님. 실장들이 모두 승강기를 타고 50층으로 내려가고 있습니다."

곧 그들의 움직임은 민태석에게 전달되었고, 민태석은 곧바로 부장에게 현 상황을 보고하였다.

"나와 한바탕 놀아 보자는 뜻인 것 같은데, 그렇게 해 주어야지. 지금 즉시 승강기를 모두 정지시킨다."

"네? 그렇게 되면 다른 직원들이 임무 수행을 할 수 없습니다."

"어차피 한 번의 개혁이 일어나면 지금까지 수행 중인 임무는 모조리 다 뜯어고쳐야 한다. 목숨을 걸고 임무를 수행하는데, 보상금이 무슨 애들 껌값도 아니고. 이딴 식으로 해서는 절대 성장할 수 없다. 그래서 개혁이 필요한 것이다."

부장은 독한 눈빛으로 말하였고, 대리는 마음에 내키지 않지만 어쩔 수 없이 부장의 명령대로 회사 내의 모든 승강기의 전원을 내렸다.

"실장님, 승강기 전원이 차단되었습니다. 그리고 LED로 이동할 수 있는 시스템도 모두 차단당했습니다."

곧 50층의 팀장인 박 팀장이 실장 앞으로 다가와 보고하였다. 다행히도 모든 실장들이 다 도착한 후에 일어난 일이었다.

"지금 즉시 예비동력을 확인하고, LED를 가동할 수 있는 방법을 확인해."

"알겠습니다."

실장은 팀장에게 말한 뒤, 곧 모두가 모여 있는 자신의 사무실로 들어섰다.

일곱 명의 실장이 모두 한자리에 모였다. 이들은 모두 회장을 따르며 임무에 대한 정도를 걷는 이들로, 이번 역모의 주모자라 할 수 있는 부회장 및 이사, 그리고 부장과는 상극으로 지내오던 실장들이었다.

"부장이 중앙제어판을 장악했다면 무슨 수를 써도 LED를 가동할 수 없어. 그건 자네도 잘 알고 있지 않은가?"

모두가 알고 있는 상황이지만, 모두가 해 보지 않았을 것이기에 해 보라는 뜻으로 한 말이었다.

그리고 박 팀장도 그의 말뜻을 알기에 안 되는 것을 알면서도 될 수 있는 방법을 찾는 것이었다.

"그나저나 과거는 어때? 이석호를 만나긴 한 거야?"

지상 2층 실장이 물었다.

"새벽에 지상 3층 실장에게서 연락이 왔었다. 그녀가 말하더군. 이석호를 만났는데, 그놈은 초인적인 힘을 가진 놈 같다고 말이야."

실장의 말에 모두가 서로의 시선을 다른 곳으로 돌렸다. 이미 이석호에 대해서 다 알고 있다는 눈빛이었다.

"하지만 한 가지를 더 알려 주었다. 그런 초인적인 놈과 대적하는 사원이 있다고 말이야."

"무슨 소리인가? 우리 쪽에서는 그런 힘을 가질 수 있는 사람이 없네. 시간의 틈을 몇 천 번 왕복한 사람도 없고, 또……."

"30분의 교육. 그 교육의 진가를 제대로 받아들인 사원이 있다면…… 이야기는 달라지지 않을까?"

지상 4층 실장이 그의 말을 듣고 믿을 수 없다는 듯 말했지만, 이내 이어지는 말에 모두가 입을 다물고 놀란 눈들만이 이리저리 바삐 움직이고 있었다.

아빠는
신입
사원

"그 교육을 제대로 받아 알약의 효과를 제대로 받아들인다면, 시간의 틈을 몇 천 번 왕래한 이들보다 더 뛰어난 힘을 가질 수 있다는 것은 자네들도 다 알고 있지 않은가? 어쩌면…… 지금 이선우 씨가 그 힘에 섬차 나가 서고 있는 것 같기도 하네."

실장의 말에 모두가 다시 한 번 서로를 마주 보았다.

지금까지 없었고, 앞으로 절대 없을 것이라는 말이 지배적이었다. 하지만 되지 않을 것 같은 그 일이 지금 일어나고 있다는 말이었다.

"그 말이 사실이라면 그놈을 잡을 수 있을지도 모르겠군. 그렇게 되면 이쪽에서도 미리 준비를 해 두어야 하지 않겠나?"

이선우에게 희망을 건다는 말이었다. 그리고 그에 대한 준비를 서두르자는 말도 함께 나오면서, 일곱 명의 실장은 자리에서 일어섰다.

〈『아빠는 신입사원』 제5권에서 계속〉

아빠는 신입 사원

1판 1쇄 찍음 2015년 7월 23일
1판 1쇄 펴냄 2015년 7월 28일

지은이 | 엉뚱한 앙마
펴낸이 | 정 필
펴낸곳 | 도서출판 뿔미디어

편집장 | 이재권
기획 · 편집 | 윤영상

출판등록 | 2002년 9월 11일 (제081-1-132호)
주소 | 경기도 부천시 원미구 소향로 17(두성프라자) 303호 (우)420-864
전화 | 032)651-6513 / 팩스 032)651-6094
E-mail | bbulmedia@hanmail.net
홈페이지 | http://bbulmedia.com

값 8,000원

ISBN 979-11-315-6565-0 04810
ISBN 979-11-315-6221-5 04810 (세트)